君主·埃尔梅罗二世事件簿

3

case. 双貌塔伊泽路玛（下）

［日］三田诚 / 著

［日］坂本峰地 / 绘

何炀 / 译

四川美术出版社

雷吉娜

阿特拉姆・加里阿斯塔

伊斯洛・色布南

马约・布里希桑・克莱涅尔斯

苍崎橙子

Characters Lord El-Mello II Case Files

卡里娜

斯芬·古拉雪特

弗兰特·艾斯卡尔德斯

"Pallida mors（苍白之死啊）。"
这莫非就是少年的咒语？
他的头发开始沙沙作响，并蠕动起来，
仿佛头发本身化作了别的生物。

——摘自第1章

君主·埃尔梅罗二世事件簿

3

case.双貌塔伊泽路玛（下）

［日］三田诚／著

［日］坂本峰地／绘

何炀／译

四川美术出版社

Lord El-Melloi II

Case Files

目录 Contents

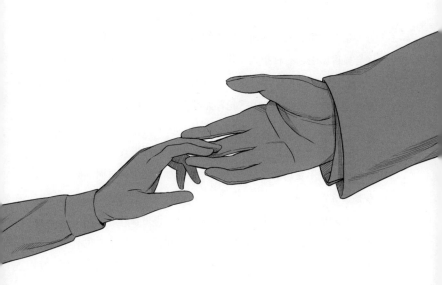

✦ 序 章 ✦

"你觉得人会成长吗？"

宛如祈祷般地吐露而出的这句话——若单看字面意思，或许会显得傲慢，有种拒人千里之外的意思，会让人认为是在说"凡人终究只是凡人"。然而，说这番话的人却无比真挚，听起来甚至感觉他的话语之中寄托着无可替代的心愿。

或许这也的确很符合当时的舞台。

在古老凄清的教堂中，黑色的玛利亚像俯视着我们。实际上那压根就不是玛利亚像这类祥和的东西，但至少对周围的群众是这么宣称的。

接着他又问道："我经过不断学习，变得擅长计算，熟记历史。就这方面而言，人确实能够成长。在我的学生中，也有不少人只需结合其个性与特点，给出些许建议，他们就会突飞猛进。然而，在本质上，这真的能算是人的成长吗？"

有生以来，我还是头一次面对如此直白的询问。

啊，这也许和平时不太一样。回想起来，自我懂事时起，就几乎未被人目不转睛地注视过。我在群体中总是鹤立鸡群，受到保护，结果能和我正常进行交流的，就只剩下被赋予人格的魔术礼装了。

我一直都蹲在笼罩在黑暗之中的教堂里。我的人生承受着身边众人的期待，结果我却一事无成，只懂得一味逃避。

这个世界为什么没有颜色呢？

我总是在想这个问题。

其实，我明白真正的原因并不在于世界。只是因为我看待世界的双眼蒙上了阴影，所以无论走到哪里，都无法逃离黑白的世界。

灰色、阴郁而模糊（Gray）。

我从一开始就明白，无论逃到何处，自己都是这般德行。相较之下，埋在黄土下的人们是多么的诚实啊。他们已然从一切虚荣、一切欲望之中解脱出来，他们已经不必再撒谎，所以才会无比的自由。与如此凄惨落魄的自己相比，可谓有着天壤之别。

最终在那个人到来之时，我已经心灰意冷，就连蹲着都感到疲惫不已了。

还记得，当时他像平常一样抽着雪茄。

他身着黑色西装，背对着透过彩色玻璃投进来的阳光。他的表情在逆光之下显得很是僵硬，明明已经是个成熟的大人，看起来却又像个少年。

"可是……"我发出声音，"你……即便在时钟塔，不也算是最成功的人之一吗？"

就当时的我而言，说出这般探究他人私事的话语着实少见。我也不清楚为什么，就是想问一下他。即便与自己一贯的作风有着些许出入，我也依然想一问究竟。

于是，他不情愿地承认道："嗯，我在这九年多的时光里，

的确获得了一定的地位。"

在他的声音中充满了叹息与懊恼，一点也不符合"获得了地位"这番话。

宛如老旧的齿轮发出嘎吱声，他带着低沉的呻吟摊开双手，把戴着黑色手套的十指交叉到一起，再次说道："我现在能使出一些比以前像样些的魔术了，还学会了不值一提的策略与交涉方法。魔术的造诣也可以说是有了些许进步……但是，这又有什么意义呢？"

连我也听得出，那想必是无数个夙兴夜寐的日夜。

恐怕是一段磨肉碎骨般的时光吧。我头脑并不聪明，也不了解他所属的那个名为时钟塔的组织。尽管如此，我也能充分想象出，他经历了何等的钻研与克己，才取得了今天的地位。

事到如今，他却否定了这一切。

"从前，我参加了一场在远东的战争。"他说道。

他突然转变话题，使得我霎时间跟不上他的思维，他也不管我，而是自顾自地继续说道："众多英灵与御主参加了战争。英灵自不用说，与英灵缔结契约的御主也都是现在的我也无法企及的高手与杀手。当时的我远比现在稚嫩，若问我为何能在那样的战争中幸存下来，我只能回答一句'幸运所致'。因为太过稚嫩，所以谁都没把目光放到我身上。啊，若换成如今的我，恐怕早就被人提防，反而会被轻而易举地杀掉吧。"

他的话语中没有任何的推测。

尽管他加上了"恐怕"这个词，但我还是能感受到他这句话的沉重，他肯定是在脑海中进行过成百上千遍的模拟。在这些模拟之中，他到底死了多少次呢？

他在教堂冰冷的空气中开口说道："既然如此，岂不是以前的我比现在更为优秀？"

"正如您所说，这应该是幸运所致的吧……"我支支吾吾地反驳道，因为我产生了一种必须反驳的感觉。然而——

"嗯，没错。不过，这种靠着幸运或偶然就可以颠覆的东西，真的能称之为成长吗？"

"……"

又回到了最初的问题。

他并没有诱导话题，而只是自始自终都在讲述同一个话题。他虽然话多，却没有半句花言巧语，只是耿直地不断思索同一个问题。这倒的确很有他的风格。

他实在太过笨拙，那一本正经的态度甚至令人不禁苦笑。

不过，也许换作别的任何人，都不会像我这样想吧。

"人生的分岔路都是由小小的幸运或偶然所决定。既然如此，在真正意义上，人真的能有所成长吗？你不觉得，其实所有人 都像小孩子一样，一直渴望遵从某位了不起的……与生俱来的王者吗？"

他的语气听来既像是放弃，又像是在极力反驳某人一般——所谓的世界就是这个样子，但也不能一直这样下去吧。

到底是在反驳谁呢？

他仿佛正怒视着栖身于地狱中的某物，语气越发激动起来。

"我没有丝毫成长，从那时起就再没有任何改变，甚至完全没有靠近理想中的自己。"

"……"

他的话语中渗着鲜血。

灵魂的伤口绝不会愈合，至今仍在冒出鲜红的血液。不，他就像在抗拒伤口愈合似的，把指甲刺进自己的身体。因为只有刺痛灵魂的痛楚，方能令他回忆起原始冲动。

"我想改变。"

他应该年近三十了吧。

在这样的年纪，而且还取得了同行业者也为之侧目的成就，为什么还会说出"想改变"这种话呢？而促使他说出这番话的契机其实一点也不耀眼夺目，绝不是那些手攥星辰的天才口中的那种永无止境的上进心。

"厌恶。"

我暗忖道。

这种感情我非常熟悉，它就像淤泥一般填满了我的身躯。

啊……

就在那时，我明白了。

故乡的人说我该多改变下自己，好好利用难得的天资。一个人有才能却不为世界做贡献，本身就是难以原谅的罪过。

另一方面，有些偶尔传入这乡下地方的书籍上却总是大言不惭地写着"应当接受原原本本的自己"之类的话。灌输些不负责任的甜言蜜语，说什么"哪怕自己既没用又丢人，也应当保持自我"，看得我眉头大皱。

而眼前这人却不同于上述二者。

即使不去看他那刻在眉间的皱纹与紧紧抿住的双唇，我也能感受到。他既拒绝轻易地改变，也拒绝懒惰地一成不变。

"然而……不，所以我才希望你能和我一起来。"他说道，"这只是我任性的请求，我也不一定能给出让你满意的报酬和未来，反而还可能让你身陷危险。就算撕开我的嘴，我也不好意思说'我会保护你'之类的话。反而只能由你来保护我，甚至到最后很可能只有我能活下来。"

他一字一句，诚恳地说道。

我觉得这些坏处他大可一字不提，但或许这也是他的性格所致吧。

"……"

他的诚恳让我得以窥见另一个事实。

与渗透在话语之中的鲜血与刺痛灵魂的伤口一样，他现在仍处于痛苦之中。他为过去的抉择、现在的生存方式，以及将来或许会出现的可能性而深深苦恼，痛苦得宛如撕心裂肺一般。

因此，他的话才会如此毫无道理地深深打动我。

"即便如此……我还是希望你能和我一起来。"

"……"

我想，既然如此，不如就答应了吧。只要能一起烦恼，一起痛苦，一起受伤……

那肯定比最睿智的贤者的回答，更能为我指明前路……我如此想道。

"能答应我……一件事情吗？"我说道。

"请一直讨厌……我的脸吧。"

至今我依然忘不了他当时狼狈的表情。

　　我想，他应该是个好人吧。毕竟他会为初次看到我的脸时吓得发抖的失态而感到羞愧。

　　不过，过了几秒钟，他还是推了推嘴上的雪茄，重重地点了点头。

　　"我答应你。"

　　君主·埃尔梅罗二世——我的师父如此说道。

第一章

1

"自那之后……到底又有了什么变化呢？"

记忆突然涌上心头，我忍不住轻轻眯起眼睛。

之所以会回忆起过去，其实并没有什么了不起的理由。只是因为师父背对着夕阳，深深低着头的样子与那时有些相似。

即使变得能成就什么事情，也并不代表有所成长。

明知如此，师父却还是不断重复这种事情，因此他才会一直活得那么痛苦。明明如此痛苦，他还是不曾逃避，不像我这样只知道蜷缩起来。至今我仍不明白，他为何能坚持下来。

这里是一座小山丘，对面正好就是我们之前眺望伊泽路玛阳之塔与月之塔的地方。青草散发出浓郁的热气，偶尔会让人觉得喘不过气来。透过草丛与土地的间隙，隐约可以看到几个兔子的洞穴，让人不由得感慨，不愧是成为名作舞台的土地。我在故乡也曾看过几本可爱的彼得兔与其家人的绘本。

从山丘上俯视，只见似血的残阳与浓雾逐渐笼罩住四周的草原，将世界替换成遥远的幻想乡。

师父一言不发地在笔记本上写着什么。

"走，先去做好上阵的准备吧。"

师父撂下这么一句豪言壮语后，再次回归到调查工作当中。

不过，斯芬带来的纸片和后续的调查似乎也带来了些许进展，师父时不时地想到些什么，向我和莱尼丝确认事件的来龙去脉。

"最初提出要逃命的就是黄金公主，对吧？"

"没错，正是如此，我的哥哥。我还不至于错认那样的美人。"

"于是，第二天早上你们在黄金公主的房间发现了尸体，而且房间的魔术锁（Mystic Lock）依然处于锁定状态。"

"嗯，是的。"

师父就这样逐一梳理着事件的经过。

在伊泽路玛的社交晚会结束之后，黄金公主向莱尼丝进行试探，提出要逃命到埃尔梅罗家，即贵族主义派。

第二天早上我们一来到黄金公主的房间，就发现她已经变成支离破碎的尸体，而身为第一发现人且被咨询过逃命事宜的莱尼丝则成了嫌疑人。随后，女仆卡里娜也被发现身亡，特里姆玛乌因为手上沾有女仆的鲜血而遭到伊泽路玛的禁锢……师父不停地记着笔记。

他用的是一支绘有狮鹫（Griffon）图案的漆杆钢笔。我记得这支笔是由上上代君主流传下来的，据说他很钟爱这支笔。本来师父拒绝接受埃尔梅罗的任何遗产，却难得一见地收下了这支钢笔，由此可见，他有多喜欢这支笔了。

我很喜欢微微混杂在空气中的墨香。

这气味与雪茄的烟味一样，总是附着在师父身上。我发现，每次自己嗅到这些味道时，就会很不可思议地冷静下来。我也不清楚是什么缘故，或许是师父使用了什么促进精神安定的香料来辅助使用魔术吧，不过我也没打算刨根问底。

就在这时，从旁边传来了争吵的声音——

"所以说，真正的凶手是使用巴顿术的人！巴顿术真是强大无敌！即使从悬崖上摔下来也不会有事，还能用点穴使人爆炸！不管是穿墙还是隐形都是小菜一碟！"

"这是什么荒唐的魔术啊？你还是先搞清楚，这到底是武术还是魔术吧！"

"巴顿术就是巴顿术啊！那可是自夏洛克·福尔摩斯流传下来的传统技艺，老师肯定也会的！毕竟侦探会巴顿术可是天经地义的事情！"

"弗兰特，你这家伙居然敢把老师与侦探这种下贱的职业混为一谈？"

"是啊！正统的巴顿术还会用到手杖！手杖肯定就是魔术触媒！所以这是专为魔术师打造的武术！现在之所以没有流传开来，想必是有人将其私藏起来，只供自己家族使用。"

弗兰特·艾斯卡尔德斯与斯芬·古拉雪特，虽然他们两人都是金发碧眼，但给人的印象却迥然不同。前者是个满嘴胡言且吊儿郎当的少爷，后者则是个带着野性气息的英俊美少年，两人被誉为埃尔梅罗教室在读学生中的双璧。

"而且，夏洛克·福尔摩斯不是很有浪漫色彩吗？还有开膛手杰克，虽然很恐怖，而且这么说有些对不起受害者，但他也算是为伦敦历史增添色彩的超级之星，不是吗？"

"别把老师和杀人魔相提并论。不论是夏洛克·福尔摩斯还是拿破仑，都不过是在文学或历史上引人瞩目而已，根本无法与老师同日而语。"

嗯，斯芬的回答也相当离谱。在新世代（New Age）当中，虽然也有人将师父视为英雄，但实际上这两人才是其中的最右翼，或者说是急先锋。可以的话，我们还真不想理会他们，但如果放任不管，他们可能会越闹越凶，甚至破坏周围建筑。他们可谓是如今埃尔梅罗教室最大的烦恼之源。

"……"

只不过，我无论如何都不想靠近斯芬。

与其这样说，倒不如说他总是喘着粗气，侵略性地接近我，估计他相当讨厌我吧。虽然我早已习惯不受人待见这种情况，但他对我表现出如此强烈的抗拒，还是让我有些难过。

就像现在，即使和弗兰特聊着天，他还时不时地看我几眼，果然是在戒备我吧。

"不不，怎么可能嘛。"旁边的莱尼丝突然开口说道。

她抱膝而坐，脑袋靠在膝盖上，神色愉悦地斜眼盯着我。看着她嘴角泛起的坏笑，我不禁担心起来，自己是不是又要遭到戏弄了啊？

"你、你是指什么呢？"

"你啊，肯定是在想，斯芬是不是讨厌你吧？"

莱尼丝仿佛看透一切似的扬了扬下巴，让我不禁屏住呼吸。

"莱尼丝小姐，读心这种行为……"

我话还没说完，戴着帽子的少女便已双肩颤抖着，掩嘴轻笑起来。

"根本没必要这么做，光是从你的表情就能看出来了。严格来说，重点是看你瞳孔的转动方式，以及手指和手的动作。也许你觉得自己是个沉默寡言的人，但其实你相当健谈，甚至可以说有亚德一半那么话痨吧。"

"这、这……"

这番颇具冲击性的评价让我不禁瞠目结舌。

"呀哈哈哈哈哈哈！喂喂，竟然说我亚德大人是话痨，实在是太过啦！明明我是一只如此沉默、理性且优雅的匣子！"

我极力无视从右手上传来的声音。

这时，弗兰特突然转过身来——

"啊，小蕾！今天能让我和亚德说说话吗？快给我瞧瞧、给我瞧瞧，最好是能让我和它说说话，能让我拆解它的话就更好啦！"

"都、都说了，你不要随便跟格蕾亲……格蕾小姐说话！"

他们两人一齐向我靠近过来，吓得我哆嗦了一下。

"你们两个，安静点。还有斯芬，非紧急时刻，不得踏入格蕾方圆五米范围。"师父苦着脸说道，随后他合上钢笔的笔帽，"有客人来了。"

"您查出什么了吗？"

一道光是听到就能令人神魂颠倒的声音在草原上响起。

那名女子盈盈伫立，雪茄的烟味与夕阳的红光都在她身侧戛然止步。就连那拉长的影子也只是因为从她身上投下，就显得与众不同。

或许，那其实是死神之影。

"白银公主。"师父喊出戴面纱的女子的名字。

而在女子身后还跟着一名文静的女仆。

"雷吉娜小姐……"

"……"

跟随白银公主的双胞胎——应该说是曾经的双胞胎的女仆中的一人低着头，沉默不语。

她的主人开口说道："您好，君主·埃尔梅罗二世，久闻您的大名。"

"我想我的名声应该不太好吧。"

白银公主在苦笑的师父跟前抬起头来。

此时此刻，仿佛连风都停歇了，耳畔万籁俱寂，草原上的百花也似乎都在为她的真容而陶醉。透过面纱得以窥见的那张脸庞，虽然在神韵上与黄金公主略有差异，但也依旧美艳不可方物。

"关于姐姐迪娅多娜——黄金公主与卡里娜的死，您查到什么了吗？"

她的声直击师父的身体。

不仅如此，连我的内心都仿佛被她那因美才具有的破坏力所贯穿。

"对两位女士的不幸离世，我由衷地表示哀悼。"师父弯下腰，礼貌地说道。

他的声音中蕴含着真情实感，这或许是他曾失去过太多东西的缘故所致吧。在曾经的战争中，师父到底失去了多少东西呢？尽管在之后他又收获许多，但二者真的能放到天平上去衡量吗？

"不过，也正因为如此，我更觉得有必要查明真凶了。"

"您相信自己的义妹不是凶手？"

"是的。"师父斩钉截铁地应道。

我不由得愣了一瞬间。

白银公主的气势似乎稍有缓和。

"您真是有个好哥哥啊。"

"嗯，当然，我也是这么认为的。"莱妮丝若无其事地接过话茬，饶有深意地肯定道。

我感觉每当这种时候，莱妮丝总是会选择先虚张声势。

接着，她又问道："特里姆玛乌怎么样了？"

"月灵髓液（Volumen Hydrargyrum）正由家父好好保管。"

"唔，关于这点，我就相信伊泽路玛吧。"莱妮丝傲慢地点了点头。

不过，她心里肯定放心不下。毕竟现状并没有改变，特里姆玛乌仍被对方扣在手中，那可是埃尔梅罗最为贵重的魔术礼装之一。

异样的紧张感弥漫开来，仿佛有一把看不见的匕首抵在眼前。如果说，凭意志就能构成魔术，那么这或许也是一种魔术吧。自远古以来就为人所熟知的诅咒就无需任何魔术基盘与术式。无论是语言还是意志，都是因为看不见所以才神秘，也是非魔术师的普通人将众多传说传颂下去的原动力。

师父突然有了动作——

"对了，这好像是你姐姐的遗物。"

他说着，便掏出放在口袋里的东西，拿给女仆雷吉娜看。

正是那条刻着漩涡花纹的石头项链。

雷吉娜看到沾着血的首饰后，不禁微微一惊："谢谢，这的确是姐姐的东西。"

"这是凯尔特风格的花纹吧?"

"是的,我们出生的时候……奶奶……"

女仆大概是被怀念之情牵动,正准备讲述过去的事。

"呜!"

就在这时,一阵刺痛全身的恶寒突然袭来。我忍不住抱住双肩,像患了疟疾似的浑身发抖,同时喊道:"师、父……"

"嗯?"

"嗯,我也感觉到了。以哥哥那迟钝的神经,大概只会感到些许不舒服吧。"

莱尼丝闭起一只眼睛附和道,恐怕她的魔眼也起反应了吧。

"你少胡说八道!"

"哼,都到这个节骨眼上了,就别再为事实被说穿而争辩了吧。对了,白银公主,刚才的是伊泽路玛的结界吧?"

基本上,所谓结界就是"用来分隔这边与那边的东西"。若是以隐匿为目的,最好的结界恐怕根本就不会让人有所察觉。因为无论多强大的魔术师都无法破除从一开始就察觉不到其存在的结界,所以这才称得上是最好的结界。这个道理可谓是明白至极。

但同时,结界还有另一个作用——那就是守护。这种结界就是一道防壁,保护内侧的人,阻挡一切外敌。会对敌对魔术师产生反应的结界也是其中之一。魔术师管理的土地上大多设置有这类结界,它可以充当警报,提醒有敌人来袭。

不过,几乎没有结界能摸透人的心理活动。如果结界有那么方便，就不会发生凶杀案了。

换言之，之于现状，对手根本不打算隐瞒，而是直接以魔力暴露出了敌意。

"失陪了。"白银公主慌忙行礼告辞，转身离开。

我们目送她快步走回双貌塔。

"教授……"

"弗兰特？"

"大概是那边。"

从山丘上能看到一片森林，被点名的少年正指向那边。

"唔，这估计都有十多人了吧？不，二十……咦，有超过三十人？"

少年在大部分学科上都取得过优异的成绩，在魔力探查方面的能力尤为出类拔萃。因此，虽然他平时吊儿郎当，但他说出的这番说无疑还是很有分量的。师父闻言，眉头皱得更紧了。

"这么多人在这种时候袭击伊泽路玛？"莱妮丝愣了一下。

大批魔术师袭击刚刚发生连环杀人案的伊泽路玛，这怎么看都不像是偶然。若将这种情况视为偶然，那魔术就没有存在的必要了。虽然魔术的本质就是欺骗世界，以重现某种超常现象，但如果连这种负面的奇迹可以随便引发，那世界早就被魔术所侵蚀了。

"嗯，这当然不是偶然。"师父说道，"斯芬，来者正是你调查的那个家伙。"

"可是老师，这样一来我们就——"斯芬话说到一半就停了下来。

归根结底，伊泽路玛正视我们为凶手。而这场袭击究竟会让我们的处境变得有利呢，还是会不由分说摧毁一切呢？在如此混乱的状况下，我们采取何种行动才是上上策呢？

正当我们都举棋不定时，夕阳突然暗了下来——原来是云。从东方飘来的乌云转眼间就笼罩了伊泽路玛的土地。就在我们为乌云极不自然的行进速度与规模而吓得屏住呼吸时，乌云已经迅速覆盖到我们头顶之上。

低沉的雷鸣声响起。

"师父！"我下意识地抱住师父跳开。

几乎同时，一道强烈的冲击从后背直窜全身。

那简直就是轰炸。撼动大地的一击令在场的所有人都僵住了，其中到底蕴含了多少魔力呢？虽然几乎所有电流都涌入了地下，但光是余波就足以震撼我们所有人了。

"格、格蕾亲！"

"格蕾。"

"我……没事。"我轻轻点了点头。

惊慌失措的斯芬仍遵守着师父的吩咐，在离我正好五米的范围左右走动，看起来有些好笑。

"刚才的雷击——"

"看来，算是礼貌的问候。"师父低声说道。

因为雷击的电离化现象，周遭产生出焦臭味，师父咂了咂舌，抬头看着天空。

"看准傍晚时分施放天候魔术可说是自古以来的惯用伎俩了……敌人的目标就是解除伊泽路玛的土地守护吗？"

若土地受损，魔力运转自然会变得比平时困难。魔术师在管理土地时，当然会在土地上设置防御魔术。反过来说，进攻方先从瓦解防御魔术着手也算是惯例了。

虽然这次的袭击者表面上大张旗鼓，但在手段上却是稳打稳扎。

很快，我便感觉到——伊泽路玛的塔中也运转着魔力。魔力来自月之塔，不用说也看得出来，伊泽路玛的工坊就设置在那里。袭击者应该发动了某种魔术，虽然无法确定魔术会以何种形式施放，但至少应该不会产生我们乐意看到的结果。

"师父。"

"我们先暂且退避，以免受伤。"

退避只是说得好听，其实师父就是怕被流弹波及，想赶紧逃走，躲藏起来。当然，以师父的水平，明显比不过任何一名袭击而来的魔术师。

莱尼丝嗤笑了一声："你怎么不说'想逃之夭夭'呢？"

"我当然想逃啊，可以的话我还真不想再踏入这片土地，若不是有担保押在某人手里的话。"

"哎呀，没想到我竟然能听到哥哥挖苦啊。这份挖苦真是让我屈辱到浑身颤抖，面如火烧。哥哥要是有这方面的兴趣，请务必努力开拓。"

"谁会陪妹妹做这种无聊的事情啊？赶紧找个安全的地方，躲到事态平息吧。"

师父话中带刺地说罢，便准备转身离开——

"不……"他突然推翻前言，"已经让他给搞砸了。"

"咦？"

我立刻就明白师父为什么会哭着脸说出这句话了。

"弗兰特！"我回过头，冲口喊出这个名字。

那名少年突然就不见了踪影。

虽说刚才雷鸣声震耳欲聋，但是……且不说师父和莱尼丝，竟然连我都没察觉到，他肯定相当巧妙地隐匿了身形……他的确就是个擅长这种伎俩的魔术师。

"我去追他！"

"斯芬，等一下！"

师父还没来得及阻止，斯芬就已经冲了出去。

以他的冲刺速度，我恐怕只有解放亚德才能追上。明明没有任何线索，但卷发少年却径直朝森林的方向追去，估计他是靠着嗅觉进行追踪的。

"真是的！所以我才千叮嘱万叮嘱，让他们千万不要跟来现场啊！"

师父摸着胃部长叹一声，眉间的皱纹变得更深了。

2

"嗯……还不赖。"

褐色皮肤的青年——阿特拉姆面带冷酷的微笑，观看着自己造成的轰炸痕迹。

在附近的高地，他正从建在半山腰处的酒店大堂中，用一支古老而优美的望远镜（Opera Glasses），俯瞰数公里外的伊泽路玛土地。

青年把旁边衣着暴露的侍女搂入怀中，低声耳语道："如何啊？我倒是很有自信，我的魔术毫不逊色于将城市连同情敌一同付诸一炬的魔女之火。"

青年炫耀起自己的杰作，将之与曾被称为美狄亚的英灵所施展的屠戮术式相比。

当然，二者其实相距甚远。

在公元前那个时代，人类与魔术亲密无间，一小节（One Count）的术式就足以匹敌现代的轰炸机。现代魔术师就算拼命钻研，甚至启动仪式，也难以望其项背。

即便如此，也不得不称赞一句，他的术式的确漂亮。

虽然影响天气的魔术规模宏大，却并不罕见。甚至可以说，几乎全世界都有祈雨或是以其为基础的仪式。但现实中的魔术师施放成功的例子则少之又少，何况在众多神秘都已经衰退的现代，更是难上加难。虽说这次只是得益于发动地点本来就位于天气多变的湖区，且凑齐了容易产生雷云的条件，但是这个结果还是值得赞赏的。

一族之中十几名之多的魔术师，如今仍在为此供奉仪式。

由于在白天与黑夜交替的时刻，大部分用于防御的魔术都会减弱，因此更是为这次突袭推波助澜。

"很好，开始掠夺吧！有效率地进行篡夺吧！"青年爽朗地大笑起来。

阿特拉姆的家族——加里阿斯塔就是靠此发家的。

想要就去抢，拿起刀剑尽情挥砍便是——这就是阿特拉姆所接受的教育。他的父亲为了选拔族长，给予了包括他在内的一众兄弟以权力斗争为主的各种试炼，结果他以最高的效率完成了所有试炼。之后，不同于继承了协会的爵位却没有踏入魔术世界的父亲，阿特拉姆倒是意气洋洋地接纳了魔术。他认为，被人们视为落后于时代的魔术，在现代反而更有用。

就连降伏继承的魔术刻印时所受到的痛苦，对他来说也是一种愉悦，毕竟那是品味自己赢来的战利品的最佳机会。

"来吧，"他举着倒有红酒的杯子站了起来，"抢走我极品猎物的罪过，你们就慢慢后悔吧。"

*

土地的管理者（Owner）已经掌握了魔术轰炸的情况。

这里是月之塔的某个房间。在房间中央放着一只陈旧的陶瓷水盘，里面装满了从这片土地涌出来的水，水面波纹反映出敌方魔术的威力、规模等各种信息。虽然类似的魔术有很多，但恐怕只有在自己管理的土地上方能达到这样的精度吧，而创造科（Valuay）尤为擅长运用这类魔术礼装。

"公开宣战啊。"魔术师咬牙切齿地喃喃道。

他俯视着水盘，紧咬着嘴上的烟斗。

此人正是伊泽路玛之主——拜伦，他感知到异变，立刻就启动水盘观察敌情。

正因为如此，他才敢断言这是公开宣战，否则敌人大可以像杀害自己爱女黄金公主及女仆的凶手那样悄然潜入。从魔术师的特性来看，反而那样做才算是正道。就像大部分王公贵族都喜欢请魔术师施咒一样，无需接触就能杀人，这才是魔术师战斗中的最大强项。然而，对方却无视这一基本，发动如此大规模的进攻，这无疑就是公开宣战。

没错，拜伦早就料到对方随时有可能攻过来。

加里阿斯塔的传言他也略有耳闻，何况他也的确得罪过加里阿斯塔。对方虽是刚走出中东的新兴家族，但他们的气势与野蛮却不容小觑。时钟塔中也有部分这样的魔术师，只要有利可图，他们会不惜使用任何强硬手段。

然而，他们却偏偏在这个时机来袭……

拜伦苦思片刻之后走出工坊，向站在走廊上等候的两名魔术师说道："马约、伊斯洛。"

"啊，在。"

"在。"

两人各自答应一声，药师的动作有些慌乱，裁缝则显得神情阴郁。

"你们去跟着艾斯黛拉。"

"战斗方面……"

伊泽路玛之主朝提问的裁缝伊斯洛摇了摇头。

"你们的魔术不是不适合战斗吗？"

拜伦说罢便拄着手杖，以尽可能快的速度离开了。

中途，他喊住走廊上的另一名佣人。

"伊诺莱夫人在做什么？"

"君主·巴留埃雷塔一直待在自己房间里，还吩咐说，今晚不用准备她的晚餐。"

"这样啊。"

拜伦向答话的佣人轻轻点了点头。

那位女杰不可能没察觉到这次异变。也就是说，她这是在表示自己不想牵扯进来。说到底，这次事件只不过是伊泽路玛家的纠纷，不值得本家巴留埃雷塔来介入。

"伊诺莱夫人不打算插手的话也罢。"拜伦说道。

不过，他还是有些担心。那种可能性就像插在指尖的尖刺，不停地刺激着他的心神。

"……"

起初他以为黄金公主和女仆的死是敌对派别所为。

伊泽路玛与本家巴留埃雷塔一样，属于民主主义派。就算由巴瑟梅罗所率领的贵族主义派和假装隔岸观火的中立主义派出手捣乱也不足为奇。在时钟塔的权力斗争中，人命就如同草芥一样毫无意义。

但此时在他心中又萌生出另一种——远比刚才的猜测更为

可怕的可能性。

"莫非……君主·巴留埃雷塔夫人自己就和那个家族勾结在一起？"

他想否定这个可能性，但同时，身为魔术师的冷酷又在告诉他——

这种情况完全有可能。为魔术发展所需，本家不容分说就夺走分家的秘宝和人才，可以说是家常便饭。若分家敢抵抗，那就连同血亲也一同消灭掉，这在魔术师的历史上并不罕见。归属派别可以享受庇护，但同时也必须接受这样的弊端。

不。

"难道说……杀死黄金公主的也是……"

在拜伦的脑中闪过一种可怕至极的可能性。

他无法否定。既然身为魔术师，那么无论抱有多少好感，都绝对不能相信对方。魔术师都是些会为魔术出卖一切的怪物，他们秉承的方向性（Vector）就是——只要有人妨碍到他们，哪怕是至亲他们也会若无其事地将其撕碎。

若非如此，谁会去当魔术师啊。

"是啊……"拜伦点了点头，喉中发出的声音就像齿轮发出的嘎吱声，"伊诺莱夫人倒的确有可能会接纳暴发户……这大概就是时钟塔的民主主义吧。说不定她还会信口开河地说'只要有力量就应当认可，即便是魔术师，也应该接受新的变化'什么的吧。"

他沉吟着走过走廊，声音中透着挥之不去的厌恶。

伊泽路玛也隶属时钟塔的民主主义——主张不论血统唯才

是举的派别。然而，他们也并非全盘接受这些观点。魔术师的本能就是无论如何都要朝过去迈进，这一本能无时无刻不在向他们呐喊——世代积累的血统才是最重要的。

"美，真是极好的。哪怕只有一瞬间，只要它存在过就有价值。我们要做的就只是跑着冲过这一刹那——同理，当下的时代就该由当下的人去经营，无需拘泥于过去的血统，这就是我们的信念。"

在那场社交晚会上，伊诺莱曾如此说过。

她说得没错，创造科永恒的理想就在此处。但同时，理想也是无法触及的海市蜃楼，我们必须巩固在现实生存的立足点。

如果起用新人才的代价是抛弃自己的亲族呢？

那个年轻人——统领现代魔术科（Norwich）的君主又会如何回答呢？

"……"

拜伦咬牙切齿。

雷鸣声响起，白光照亮了巨大的窗户，也照亮了挂着手杖的绅士的侧脸——同时也让别的东西显露出来。

"啊，既然如此，就让我拜伦·巴留埃雷塔·伊泽路玛来直接会会你们吧。"

他的影子就如同恶魔一般黏在墙壁上面。

3

　　弗兰特·艾斯卡尔德斯——这是一名出生在地中海边国家，集万千期待于一身的少年的名字。

　　艾斯卡尔德斯家虽是古老的魔术师家族，却不曾有过令人瞩目的丰功伟绩。不论是历代家主的魔术回路，还是他们锤炼的魔术，都只能用平庸来评价——然而，出生在该家族中的弗兰特却是一位只能用"异常"来形容的天才。

　　他拥有数量众多的优秀魔术回路，以及控制这些回路的压倒性才能。

　　他作为备受期待的神童，被送入时钟塔，前途一片光明。然而，就连时钟塔都拿他这个天才没办法。起初他分到了降灵科的分系——召唤科的系主任罗科·贝尔费邦那里，结果才待几个月就转入别的学部。他凭着天纵之才，接二连三地收到新学部抛出的橄榄枝，却又接连不断地以刷新纪录的速度闹得讲师们的胃痛苦不堪，落得被驱逐出门的下场。

　　理由很简单——虽然他洋溢着作为魔术师而言最为理想的才能，但除此之外的方方面面都与魔术师格格不入。

　　缺少紧张感——这就是周围的人对他的评价。

　　实际上，在现代，魔术师之所以还能是魔术师，除了他们拥有的特异能力与超脱常人的性质之外，更因为他们有着世代积累且不断增加的执念。数百上千年以来，一直盘踞在历史阴暗面的强烈思想本身就拥有一种可怕的"力量"。尽管科学在某些方面已经超越魔术，但只要魔术师的思想不根绝，魔术就不会绝迹。

然而，弗兰特在这个方面则完全掉队了。

或者说，之所以他会这样，或许正是因为他有着非凡的才能。虽然周围的人也不清楚具体原因，但至少在名为弗兰特·艾斯卡尔德斯的少年身上看不到一丁点魔术师该有的执着。他无论何时都缺少紧张感，喜欢多管闲事，却又能像海绵一样吸收课程内容，一直保持满分记录。更过分的是，有时他会笑吟吟地对讲师的授课提出意见，并露一手绝技，当场改善某些术式的效率。

在讲师眼里，没有什么事情比这更屈辱的了。

就像面对一颗最棒的钻石，却无从下手雕琢。讲师常常受到无言的指责——明明学生有如此才能，却无法令其才能开花结果。即使就时钟塔而言，为了魔术的发展，也绝对不会选择舍弃他的才能，可是讲师们只要接近他，胃就会遭殃，这种情况大概持续了一年时间。

结果，好几个学部、派别都放弃这件宝物，最终将他扔给了埃尔梅罗教室。当时埃尔梅罗教室已经接纳了不少问题儿童，即使多一个弗兰特也完全不在话下。在这里，少年的才学进步神速，大家都有目共睹。然而，随着弗兰特的成长，君主·埃尔梅罗的胃也遭受到成比例的伤害，不过这又是另一个故事了。

总之现在，弗兰特正追踪着袭击者的魔力。

这里是一片森林——他追着刚才在山丘上感知到的魔力，径直从草原跑到了森林。林中道路均未经修整，即便如此，他的速度也依旧不亚于专业马拉松选手，这就是"强化"魔术的功劳。

在途中，他抬头透过枝叶缝隙瞥了眼天上的乌云。

"有意思，这真是太厉害了！天气操纵因为副作用太大，所以在时钟塔也很少有机会去实践这个项目呢！不过，这个人的效率有点差啊。这个魔术大概得由三十一……三十二人配合才能施展，不过第七号和第二十号还是交换一下比较好哦。得去提醒他们一下才行！"

他用阳光灿烂的语气胡说一气。

光听声音只会觉得其中充满着百分百的善意，而这份善意却让人感觉浑身不自在。毕竟他的善意曾击溃过多名时钟塔的讲师。到了这种程度，就算把它定义为一种新的诅咒，恐怕也不会有人反对。

不过，这次却有人在不同意义上发出责难。

"弗兰特……"

"哇，这么快就被找到了啊！"

弗兰特猛地转过身，满脸惊讶。

卷毛少年就站在弗兰特头顶的树枝上。他倚着树干，揉着自己的鼻头，像在看什么脏东西似的俯视着自己的同学。

来人正是斯芬·古拉雪特，他比弗兰特早大约一个月进入埃尔梅罗教室，是在读学生中资历最老的。不过，这其实只是因为君主·埃尔梅罗二世不愿长时间照料学生而已，他的教育方针是——只要学生达到一定标准，就让他们一个个都毕业。

"这是什么话？我们认识也不是一两天了，我才不会认错你那蓬松轻薄的黄色气味呢——走吧，回老师那里去。"

"怎么这样啊？"

弗兰特像个要被带离玩具店的孩子似的发出抗议。

"你喜欢我强行把你揪回去吗？"

"不不不！可是你想想啊，卢·西安同学！那个教授正在苦恼哦！"

"我就是看你又要在这种时候给老师多添麻烦，所以才这样说你的啊。"

"才没有呢！"弗兰特甩了甩手，嘿嘿一笑，"因为，教授一定会高兴的。"

"你说……什么？"斯芬皱起眉头。

"你想啊！伊泽路玛家不是抓住了特里姆吗？那我们只要把袭击伊泽路玛的坏人打跑，他们说不定会感谢我们，就把特里姆也还回来了呢！教授也会对我们感激涕零的！你看，卢·西安同学，计划很完美吧？"

这种计划哪里算是完美啊，简直就该一票否决。怎么看都只是在往坑里跳而已，而且坑底还插满了涂有毒药的利刃。

然而——

"总之，你别再叫我卢·西安（狗）了。"

斯芬暂时沉默了下来。若君主·埃尔梅罗二世在场，碰上这种沉默肯定会忍不住捂住腹部。也就是说，这种沉默给人一种预感——事态并不会稳定下来，反而会继续恶化下去。

"毕竟就是那群家伙让格蕾亲……格蕾小姐遭罪的。"他喃喃自语道。

很快，少年就挠了挠卷发，舔了舔嘴唇："好吧……我加入你的计划。"

＊

这里是森林的正中央。

几道影子奔走在郁郁葱葱的草丛间。

他们轻轻分开高可及腰的草丛，直奔伊泽路玛的双塔而去。一路上他们没有半点迟疑，视崎岖的地形与纠缠的爬山虎如无物。若在早些年，人们看到这一幕也许会联想到恶魔行军。他们无一例外都披着绿色披风与兜帽，更促使人们往这方面联想。

雷声过后不久，便开始下雨了。

雨点倾盆而下，敲打着地面。置身雨中的袭击者们反而露出得意的笑容。他们很清楚，这场雨是来支援他们的。后方强力的支援如今正撕开伊泽路玛的守护，鼓舞他们这些魔术师。

其中一人抬起头来——前方的空地上站着一位拄着手杖的绅士。

"拜伦阁下。"

"了不起，选择以天候为助力啊。虽然这块地方本就天气多变，但还从未有人干得如此漂亮。"

绅士正确地评估出袭击者的实力。

他看得出这样的魔术对现代魔术师而言有多么困难，或者说他看出了——这虽然困难，却也并非不可实现。在魔术战中，最重要的就是看穿对方擅长的术式。在这个方面，拜伦可谓忠于基础，尊重历史，立足于正道。

"你既然都清楚，不如就干脆成全我们吧。"

袭击者中的一人捉弄似的说道。他摆起架子，仿佛在说："事到如今，我指的到底是什么，不用说你也知道。"

然而，绅士也露出无畏的笑容。

"可是，你们以为伊泽路玛弱小无力可就大错特错了。"

拜伦用手杖戳了下地面，顿时在他身边飘浮起几个球形的东西。

那是些肥皂泡，它们反射着透过枝叶间隙洒下的夕阳，唤起人们的憧憬。

但实际上它们可一点也不和善。蕴含着拜伦魔力的肥皂泡无视空气的流动，不自然地飞动起来，顷刻之间便将魔术师们团团围住。肥皂泡的碱水表面不停旋转，倒映出袭击者的身影。

"……"

袭击者无声地盯着那些肥皂泡。

没有人敢轻易打破这些肥皂泡，毕竟他们都具备魔术师应有的最低限度的谨慎。

然而，无数的肥皂泡逐渐缩小包围圈，堵死了他们的退路。

"伊泽路玛的虹玉，你们可还满意吧？"

拜伦低声念叨的估计是术式的名字吧。

嘭——肥皂泡炸裂开来。

并没有来历不明的魔兽或其他东西从中蹦出——至少看起来没有。然而，还是有几名袭击者马上按住咽喉，倒在地上。

"拜伦！"

怒火中烧的袭击者射出几道雷击。

虽然拜伦将肥皂泡聚拢到身边进行抵挡，却并未能将攻击尽数挡下。约有三成雷击贯穿肥皂泡，伤到了拜伦，使这个壮汉绅士跪了下来。

"哼，说到底只不过是个龟缩在乡下的没落收藏家罢了！"

倒下的袭击者也慢慢恢复过来，与愤怒的同伴一道构筑起新的术式。

拜伦捂住被烧伤的肩膀，再次用手杖戳了下地面。肥皂泡数量顿时翻倍，在袭击者跟前筑起彩虹色的壁垒。考虑到拜伦也是创造科的一员，其实这场战斗的关键就在于他创造的艺术能否抵挡住这些袭击者。

然而，森林中响起一道冒失的声音——

"哇！已经打起来了！"

声音来自袭击者对面的草丛，肥皂泡受到感应自动朝那边移去，却接连爆炸开来。

原本肥皂泡是通过破坏周围的氧气，以阻碍呼吸，从而使敌人陷入窒息的。可现在它们却没有产生任何效果，只是普通地炸裂开来，这才是让拜伦最为惊讶的地方。

"什么？"

"是伊泽路玛的走狗吗？"

袭击者们顿时紧张起来，但从草丛中冒出来的少年的表情则显得过于天真无邪。

少年出现在不是你死就是我亡的厮杀当中，东张西望了一番，才笑吟吟地问道："你就是伊泽路玛的拜伦阁下吧？"

拜伦可以说是靠着一股志气才得以勉强压下心中惊疑，并反问道："你是什么人？"

"埃尔梅罗教室的弗兰特·艾斯卡尔德斯！前来参战！"

金发少年端端正正地敬了个礼后，转头看向袭击者们。

他抱着臂，得意洋洋地哼了一声，冲树上大声喊道："上吧，卢·西安同学！"

"别叫我卢·西安！"

还在树上的斯芬怒吼一声后也跳落到地上。

他轻轻揉着鼻头，抱怨说自己好不容易藏起来，结果都白费了。

"你们这些人身上好大一股刺鼻的铁锈味啊。一个个都明显地散发出丑陋又肮脏的杀气。"

"……"

直到此时，袭击者们仍未将这两名少年放在眼里。

当然，他们也知道在这种状况下还敢现身的人，肯定具有一定的危险性。外表与实力不一定成正比更是魔术师世界的铁则。因此，他们在嘲弄的同时，仍谨慎地准备施放魔术。

然而，他们的魔术还没来得及发动——

"吼！"斯芬就大吼一声。

他光凭声音就压制住了袭击者的魔力。

在亚洲很多地区都认为犬吠声能驱魔。看来少年的声音大概也拥有类似的效果，敌人就如同刚学会魔术的末子（Frame），本应在体内经由回路转换而成的魔力全都烟消云散了。

"莫非，你是……"

"埃尔梅罗教室的斯芬·古拉雪特。"

面对瞠目结舌的袭击者，少年的自报家门和咆哮声换了一种形式。

"Pallida mors（苍白之死啊）。"

这莫非就是少年的咒语？

他的头发开始沙沙作响，并蠕动起来，仿佛头发本身化作了别的生物。头发迅速伸长，覆盖住后背，虎牙也化作有如刀刃的巨大尖牙。他的俊美程度丝毫不减，只是表现形式（Vector）有所改变。

斯芬一跃而起，即便如此，袭击者们也做出了正确的应对——也即是说，释放已在蓄势待发的魔术。这种魔术只需一小节咏唱就能产生雷电，再经后方支援的天候魔术大幅增强，本足以将可怜的对手烧成碳灰。

然而，魔术师伸出的手却消失了。

也不知他是否能意识到，他的手其实是被斯芬那与牙齿一样变尖的利爪所切断的。伴随着大量失血，魔术师失去意识倒向草丛。

斯芬的影子继续在树丛跳跃，从树干到树枝，再从树枝到树干。多角度的跳跃显得过于反常，简直就像身处感觉不到任何重量的无重力状态一般。

"唔！"

其中一名欲出手应对的袭击者瞠大了眼睛。

在电光下闪现的身影让他倒吸一口冷气——斯芬·古拉雪特整个人都变了副模样，身上的肌肉隆起，宛如传说中的幻想种——人狼一般，并且还长出了一根根硬度可与金属针媲美的体毛。不，实际上，他身体的质量并没有改变。仔细观察就会发现，他衣服和鞋子都没有被撑破的痕迹。只是密度大得异常的魔力缠绕着少年的身体，使他看起来像狼人一样——或许应该称其为"幻狼"。

这是兽性魔术，很多地区的魔术都热衷于吸纳野兽的能力。

不，不仅仅是魔术。例如在中国武术中，像形意拳、白鹤拳这种从动物的动作中获得启发的武术，可谓是不胜枚举。在西方的舞蹈和艺术中，也经常能见到以天鹅或狮子为主题的作品。其实，自人与兽分道扬镳的那刻起，兽就成了人类发掘神秘的对象。

斯芬·古拉雪特使用的魔术正好属于此类。

正如狂战士（Berserker）一词原本是指身披熊皮的人，斯芬也通过某种秘法从体内引出庞大的兽性。当他的身体获得了源自兽的神秘，其身体能力也随之提升，甚至远远超出单纯的"强化"的范畴，使他能以压倒性的速度和力量肆意踩蹦敌人。

道理很简单，哪怕是魔术师，也应付不了无法认知的速度。

顷刻之间，魔术师们就如同稻草杆一般被击飞。

身处森林中央的地利更是让斯芬如虎添翼。在辨识度降低的傍晚，加上森林环境，就算对视力进行"强化"，也难以捕捉斯芬的动作。而魔术师们只要被斯芬挥舞的利爪轻轻蹭到，都必然会被剜下一块肉来。

"既然如此……"

剩下的魔术师改变了策略。

他们从密集阵型分散开来，发动术式。近距离敌不过斯芬，那就拉远距离再收拾他。从这行云流水的切换可以看出他们的确身经百战——同时，却并不熟悉应对如此特异的能力。

"嗯嗯，那边就这样——画圈圈吧！"

弗兰特伸手画了个圈。

热衷运动的人也许会注意到，弗兰特在划圈之前摆出了和那些魔术师相同的姿势。为安抚对方而做出和对方相同的动作，在心理学用语中，这叫作镜像效应。不过，在此情境下，弗兰特的举动有着迥然不同的含义。

"开始干涉（Play Ball）。"

魔力的矢量方向被篡改了——雷电刚从魔术师的手中释放出来就立刻改变了方向。

他们瞬间被自己的雷电灼烧，发出惨叫。弗兰特的动作带来的效果与某种交感魔术——利用模仿对方的人偶施加诅咒的效果相同。

有时能在某些外法（注：广义上佛教的佛法被称为内法，佛法以外的被称为外法，也即是指佛教以外的宗教；狭义上也专指一些邪术）或是东南亚周边见到这类诅咒。

遵循传统欧洲魔术基盘的时钟塔通常不会教授这类魔术。

不过，对弗兰特来说，教不教都一样。

少年的魔术极为特殊——他自身的属性是罕见的空属性，使用的技艺也极为异端。将世界各地的魔术去芜存菁，这在现代魔术中被归类为混沌魔术。君主·埃尔梅罗二世评价它为"怪异魔术"，结果弗兰特本人倒是兴高采烈地到处宣扬说："教授给我的魔术命名了！"

然而，这种术式通常都不会起作用。

实际上，混沌魔术的魔术基盘极其脆弱。可用的魔术种类其实都很有限，别说去芜存菁这种想法上的万能性，混沌魔术就连正常构筑术式都很困难。然而，弗兰特·艾斯卡尔德斯却"不知怎的就是能成功构筑术式"，在这点上他无疑是个异端。

尤其在干涉他人魔术的领域，弗兰特更是展现出不同寻常的才能。

"埃尔梅罗教室……"袭击者中的一人呻吟似的说道。

埃尔梅罗教室的双璧，可以说是时钟塔新兴势力的招牌。尽管他们两人都拥有古老血统，怎么也称不上是新世代，但他们也因此继承了新旧双方的长处，得以完美地发挥出实力。

所谓新旧双方，即——古老魔术赋予的强大与新讲师赋予的灵活性。

且不论两人是否有所意识，但双方的行动配合得无比流畅。

"很好，卢·西安同学，加快节奏吧！就用那个吧——埃尔梅罗无双！"

"你少指手画脚的！"

斯芬声音嘶哑地反驳道，但他的实际行动却正好相反，他顺着弗兰特干扰魔术的方位将袭击者逐一击倒。魔术师大都个性强烈，若非同属相同流派，基本很难进行团队合作。但斯芬和弗兰特的行动却配合无间，就像打出生就在一起的双胞胎。

然而，两人却突然同时停下动作。

不光他们两人，连袭击者们也都回过头来。他们脸上露出完全不同于面对弗兰特两人时的恐惧之色。

"这令人不快的情况到底是怎么回事？"

褐色肌肤的青年——阿特拉姆·加里阿斯塔歪着嘴问道。

4

师父和我，以及莱尼丝正靠在附近的一颗大树上避雨。

魔术师管理的土地大多灵脉充沛，且会避开城市圈，所以周边一般都有茂密的森林。这些树木大概也受此惠泽，虽然看起来已有相当的树龄，却依然长出茂密的新枝绿叶。

我到底注视这片景色有多久了？

雷鸣没有丝毫停止的迹象。

乌云覆盖了整片伊泽路玛的土地，仿佛在追赶落荒而逃的夕阳。这片景象令我想起，在神话中，被蝎子杀死的俄里翁即使在升为星座后仍不断躲避天蝎座的追赶。

师父正目光严肃地注视着眼前的大雨，我忽然向他问道："真的不用管弗兰特他们吗？"

"嗯，反正他们肯定擅自参战去了。如果是普通的魔术师，他们不会轻易败下阵来。虽然他们都是问题儿童，但实力却是实打实的。"师父满脸不痛快地吐了口烟。

他用力强调了"问题儿童"几个字，估计说的都是真心话。在其他学科或教室看来，埃尔梅罗教室的学生不是超常的家伙就是异端，而那两人更是其中的佼佼者。魔术实力自不用说，关键是他们的存在方式也异于常人。他们是如此地适合魔术，性子却又与普通魔术师大相径庭。他们两人哪怕放到在时钟塔的学生中也是鹤立鸡群。

或许该说，他们与明明没有魔术师的样子，却又比任何人都更像魔术师的师父极为相似。

"不过，对方当中还有个极不寻常的人。"

"极不……寻常？"

师父的话让我感觉脊背一阵发抖。虽然我也自知这样很丢人，可还是难以控制自己。

"阿特拉姆·加里阿斯塔，就是我让斯芬调查的家伙。不过，就算出了什么大问题，他们也应该能逃得掉吧……"

师父道出了那个人的名字。

"加里阿斯塔……"

我几乎没有听过这种发音的名字。

当然，时钟塔里到处都是些我不认识的人，不过这个名字倒是透着一股异域风情。让人联想到干燥的沙粒，灼烧肌肤的炎热空气，以及弯曲如新月的厚背刀刃。

师父见状，像是肯定我的想法似的继续说道："那是继承了古老中东血脉的家族。他们是最近几代才加入时钟塔的，由于他们所用的魔术接近咒术的领域，所以一直受到轻视。其实他们是相当棘手的家伙。据闻他们靠着那种特殊的魔术，收服了临近的组织，甚至还拿下了石油的开采权。论在表面社会的权利，他们在时钟塔内也算得上屈指可数……据说之前他们在某件咒体的拍卖会上，和伊泽路玛家一直竞争到了最后。"

"哦，你说是伊泽路玛家拍下咒体的那场拍卖会？"

"……"

莱尼丝的话让我想起某个男子——米克·古拉吉列。

"其实，我是想得到一件咒物。"

他还胡闹地自我介绍说，自己其实是间谍。说起来，从早上就没见到他的影子呢。眼前加里阿斯塔正发动袭击，他又采取着怎样的行动呢？如果他的自我介绍是真的，搞不好他就是加里阿斯塔家的——

我忍不住咽了口唾沫。

莱尼丝问道："那么，就是加里阿斯塔家的人杀害了黄金公主咯？"

师父没有给出明确的回答，他烟瘾犯了似的摸了摸嘴唇，眯起眼继续梳理信息："虽然他们有可能是因为看中的咒体被夺，才杀人泄愤或是恐吓……但若是出于这种目的，一般都会选择绑架这类手段吧？何况犯下凶案后，他们还有必要再攻打过来吗？"

"举个例子，也许是他们派人悄悄潜入双塔寻找咒体，结果被黄金公主发现，于是就起了杀人灭口的念头呢？"

莱尼丝说出自己的推理，但师父思索片刻后还是摇了摇头。

"杀害黄金公主后，又大费周章地把她的尸体放回房间？假设没留下血迹是因为用了某种魔术，那魔术锁又怎么解释？"

"唔，这个嘛，嗯……"

莱尼丝伸出食指在空中画着圈，沉默了下来。

很可惜，他们两人的思维我都跟不上。我连眼前这两人的想法都不能理解，又怎么可能对才见过两三次面的魔术师犯下的杀人案进行推理呢？

就结果来说，我只能无所事事地旁观他们讨论。

"呀哈哈哈哈哈哈！怎么了怎么了？你也说说话啊！难得的

推理大会，你也可以试试随便提出一两个、两三个甚至十几个猜测嘛！助手就算推理错了也不丢人嘛！"

从右手传来了亚德的笑声。

"我……我不够聪明……"

"我觉得你只是懒而已嘛！要是光说'做不到做不到什么都做不到'就能解决问题，那做人倒是挺轻松的嘛！"

"……"

亚德辛辣的讽刺令我无言以对。

因为我自知它说得很有道理。老实说，思考真的很费劲。要是能一直不听不问地活下去，那该有多轻松啊。我连自杀的勇气都没有——不，我只要一想到自杀之后，自己也会成为它们的一员，就会害怕得直哆嗦。要是能老老实实地在地下长眠倒还好，如果会变成那些阴魂不散、仍在地面徘徊的家伙……

我胆小、怠惰又卑鄙，简直不可救药。

即便有人告诉我"既然如此，就应该改变自己"，我也无法踏出第一步。即使离开了那个故乡，结果我还是那副老样子。

为什么会这样呢？

好痛苦……有种想呕吐的冲动，甚至感觉从头到脚都失去了力气。

这次事件令我百感交集，其中也必定存在着某种远比剥离城阿德拉时更加让人感慨的东西，而所有人中只有我无法看清那究竟是什么。

"不过——按照你的假设，就无法解释女仆的尸体了。"

"唔，可是，还有种叫作'双重凶手论'的情况……"

我被心中的痛苦所困，就连师父和莱尼丝的讨论听来也是如此遥远。

这一定是因为与我切身相关，所以才会使我有这种感觉。

它对我来说重要得不容忽视，又正因为切身相关所以才会看漏。

就仿佛是混杂在瓢泼大雨中的透明针。被刺到的话肯定会很痛，光是想想都让人觉得可怕，但哪怕定睛细看也分辨不出来。只有刺到自己身上，沾上鲜血才会显形。

也许只有在被无数的针扎遍全身死去之后，才能察觉到那是针吧。

雨停之后，当有人发现我浑身是针的尸体时，大概会疑惑："这人为什么不逃呢？"

"唔，可是根据哥哥的话，黄金公主也是人工制造出来……"

"不，黄金公主的确是人工打造出来的美，但到了那种程度，已经无关于自然与非自然了。其实人工这种概念本就与自然相违背。不论是流水打磨还是人手打磨，石头依旧是石头。也就是说……"

"啊……原来是这样。"

听到偶然从意识外界传来的只言片语，我突然想到——原来是黄金公主与白银公主。

因为，她们的情况太过相似了。师父曾提起的化妆魔术及其历史也都是刺在我身上的透明针。

我轻轻摸了下兜帽下的脸。

所谓透明针，指的正是这个——无论过去多久都不会从心中消融的冰。如果针是玻璃的倒也理所当然，只是至今为止都没能察觉到的自己太过愚蠢罢了。无论逃到哪里，我的愚蠢都将永远戳在我的胸口，刺得心脏喷溅鲜血。

只要一死了之就好——

只要想象中的鲜血堵住喉咙就好。

只要抓挠着脖子根，让这张脸涨成紫色，凄惨无比地倒下就好。这一定是最适合我的死状了。但愿不要出现残留信息化为幽灵这种丑态，除此之外我再无他求——

"格蕾——"

这时，我才察觉到有人在喊我的名字。

"啊……师父。"

"怎么了？从刚才起你的脸色就很难看。"

师父像平时一样皱起眉头，俯视着我。乍看之下，他似乎神色不悦，但再怎么说我和师父也已经相处了那么长的时间，所以还是看得出他其实是在关心我的。

"师父，我……"

我犹豫了几秒钟——虽然语无伦次，但还记得自己刚才所想的事情。于是，我决定用实际手段代替言语，把兜帽稍稍掀起。

师父猛地睁大眼睛。

"格蕾！说了别把脸露出来——"

"不……"

就像我从前请求他的那样，他对我厉声斥责，对此我只是摇了摇头。

虽然只露出了一丁点，掀起兜帽的手指还是火热得犹如烧伤，尽管如此，我还是勉强自己将自己的想法说出口来。

"我觉得……脸也许和这次的事情有关……"

"和事件有关？可——"师父瞥了眼身旁。

他估计是在顾忌莱尼丝吧，毕竟这种事情也不好四处向人宣扬。

莱尼丝也许是察觉到这点，轻轻歪了歪脑袋，说道："唔，要是我在这里会有问题的话，就暂时回避一下吧。"

"没关系……我觉得，莱尼丝小姐肯定也有必要知道这件事情。"

我看了师父一眼——只见他的表情虽然还是带着些困惑，却似乎并没有反对的意思。

我轻轻摸了摸露出来的脸。

"这其实并不是我的脸。"

"什么？"莱尼丝眉头一皱。

我想起来，她曾多次提起过兜帽的事情。

"明明你摘下兜帽，看起来会更可爱。"

我记得，尽管略带捉弄的意思，但她的确如此称赞过我。

如果她真的喜欢我这张脸，那就太遗憾了。真的非常非常遗憾，到头来我还是配不上任何人的期待，也未曾满足过任何人的期待。

"你应该知道亚德的事情吧……"

"你这家伙！别突然把我拿出来啊！我还没有做好心理准备呢！"

我解开扣具，把亚德从右手上取下来。它那浮雕似的眼镜

和嘴巴忙碌地活动着，表情比我丰富多了。回想起来，在故乡唯有电视中的人和这个匣子才能让我放心去直视他们的表情。

"匣子（亚德）里面藏着某件秘宝。"

我没有把它的真名——"于尽头闪耀之枪（Rhongomyniad）"说出口。

亚瑟王曾使用的秘宝在时钟塔中也有着特别的意义，所以师父从一开始就命令我，除使用时候外，不得透露其真名。

即使我没有说出真名，莱尼丝也没问宝物是什么之类难以回答的问题，而只是真挚地听我说话。归根结底，她是一名出色的魔术师，早已习惯只在允许的范围询问允许的问题。对于现在的我而言，真是太感谢她这样了。

我点了点头，继续说道："我的家族……一直在制造能使用这个匣子里的东西的'人'。"

没错，这就是我们相同的地方。

从一开始，我们就注定是为了某种目的而诞生的。就如同为美而生的黄金公主和白银公主一样，我也注定要变成现在这副模样。而且，我是最成功的一个。

"他们不停地仿造曾经能完美使用匣中秘宝的真正主人……一直以来制造出了很多很多的'人'……"

就像这个想打造出终极之美的魔术师家族一样。

我的家族坚信，只要打造出与匣子曾经的主人一模一样——不光长相，就连四肢和肌肉的构造，乃至内脏、血管都相仿的人，就能使用藏在匣中的秘宝。当然，过去的英雄拥有众多在现代不复存在的神秘因子，所以彻底仿造是不可能的。不过，我的祖先深信，哪怕只能仿造"人"的部分，只要仿造彻底，应该也能找到一线希望。

到底是何等的疯狂，才能让他们一直忍受成百上千年的失败啊？在这如同诅咒一般的绝对遵守的尽头，历代家主们到底看到了什么？

"真正大功告成，其实是在十年前。"

十年前——

我也不清楚是什么原因。

至少，我出生时只是拥有一定的资质，本该一如既往地沦为失败品才对。虽然我有着灵体过于敏感这种缺陷体质——家族相关的人们则几乎都欢喜地认为这是祝福——但至少，我根本不用去怀疑"我就是我"这种理所当然的事情，也压根没有必要去怀疑。

但是，自十年前，我还尚且年幼的那一天起，我的脸发生了翻天覆地的变化。

尽管还留有些许昔日面容，尽管还有几分相似，但我的脸还是一点点地变成别人的脸。不仅仅是脸，连肉体本身也在改变，我确确实实听到了动静。那种疼痛完全不同于成长带来的疼痛，我听到骨肉发出嘎吱的声响，重构成别的形态。

那些只能在床上抱着枕头，受闷痛折磨的夜晚到底持续了多久呢？

我的脸逐渐改变，也不知是什么时候，我变得不知该用怎样的表情去面对那些将我的脸视为无比崇高之物，围绕在我身边喜极而泣的家人们了。

"我开始能和亚德正常交流也是在那时候……"

据说这是适配率的问题。

由于秘宝过去的主人和我的适配率提升到了规定值以上，因此才得以更为明确地唤醒作为封印礼装而陷入半睡半醒状态的模拟人格亚德。不管怎样，这个匣子无疑成了我为数不多的聊天对象。

"原来如此……"

莱尼丝轻轻点了点头。

以上这些是师父早就知道的，甚至可以说是前提。我在故乡第一次见到师父时就说过这些事，还向他提了请求——

"请一直讨厌……我的脸吧。"

现在回想起来，这是何等残忍的请求啊。

因为自己喜欢不起来，所以请你也讨厌，哪有这么自私的人啊？因为他和族人不同，第一次有人害怕这张脸让我感到很高兴，这样的理由自然也根本说不通。

不过，我的话还没说完。我忍受着恨不得想死的自我厌恶，说出关键点。

"黄金公主的房间里……没有镜子吧？"

在和莱尼丝一起调查时，她怎么也猜不出为何房间会缺少女性闺房理应有的东西。当时我什么都没说，因为在我看来，没有镜子实在太理所当然了。

"我在想……如果她的脸是人为制造出来的……或许……会不会是这么一回事呢？"

我感觉脸颊一阵发热。

　　说不定，我的发言完全是错误的。这只是我一时想到的话，连推理都算不上。再说，没有镜子又如何呢？就连我自己都不相信这观点会有助于解决问题。

　　不过，无论是师父还是莱尼丝，都没有取笑我。

　　于是，我再次戴好兜帽，拼命地说道："我……很害怕……"我的声音颤抖不止，戴回兜帽的手指变得冰冷。

　　"我很害怕……害怕看到镜子里的脸……害怕自己逐渐改变……"

　　为什么呢？

　　我竟然会在他们面前老老实实地吐露心声。在故乡怎么也说不口的话，就这么轻易地脱口而出。虽然说出这番话，对我来说就像从喉咙中抵着一块尖石一样让我痛苦，但与在故乡体会到恐惧相比，根本不值一提。

　　"我并不……讨厌这张脸。"我老实地说道。

　　这脸上确实残留着自己过去的面容。考虑到自己的资质和祖先们的努力，也许我们本来就长得很像。实际上，自那之后过去十年，事到如今我已经无法区分哪些部分是自己的脸，哪些部份是仿造出来的了。

　　也许就算不经过任何改造，我也会长得和那个人一模一样吧，但或许也会成长为截然不同的另一张脸。

　　"不过，直到现在……我还是害怕照镜子……感觉就好像自己被……早已于古代死去的……英雄的亡魂附身了一样……"

　　"嗯，我明白了……不用再说了。"

　　话音刚响，柔软的指尖便抚上我的脸颊。

我这才注意到自己哭了。师父一脸困惑地取出手帕，拭干他食指擦下的泪珠。

之后，他又若无其事地拿出雪茄。

"改变……啊，那确实很可怕。"

雪茄的烟雾覆盖住本就模糊的视野，使我更加看不清师父的表情了。

雨点敲打着地面。

莱尼丝沉默不语，亚德也罕见地没有多嘴。

在之前，除故乡的人以外，这些秘事我只对师父说过，现在将之全盘托出，亚德却没有嘲弄我，估计是在照顾我的心情吧。虽然有些丢人，但它无疑是我为数不多的朋友。

耳边传来异响。

师父靠在大树上，睁大眼睛，用拿着雪茄的手猛地砸到树皮上。

"该不会是这样吧……"

"哥哥，怎么了？"

莱尼丝看到师父这突然的举动，不禁感到疑惑。

"真的吗？真的就这么简单？"

师父把雪茄塞回嘴里，反复地念叨起来。

他仿佛没听到义妹的问话。与刚才正好相反，这回轮到他陷入沉思。

"这样的话倒是对得上了……毕竟是行星，用一百二十度（Trine）就够了。但是，另一个……不，这也老早就有答案了。她们的美是相辅相成的，所以如果想要得到最大效果……原来是这样，问题并不在于是佩罗还是巴西耳，而是更为简单，更为表面的……"（注：夏尔·佩罗是十七世纪法国诗人、作家，以作品《鹅妈妈的故事》而闻名；吉姆巴地斯达·巴西耳是意大利诗人、童话搜集者。）

师父万分苦恼地皱着眉头，不停地呓语。

我并不讨厌他的这种表情。虽然我不像莱尼丝那样以他人的苦恼或不幸为乐，但却不知为何，在心底某处觉得师父不经意间露出的侧脸很让人心疼。

在他的脑海中浮现出的到底是怎样的一幕呢？

我突然很想看看，想看到与他看到的相同的景象。

我在想，愚钝的我若能窥见师父心中的景象，究竟能得到何等的救赎呢？虽然烦恼不会消失，缺陷也得不到修正，但我还是像仰望夜空繁星般地如此憧憬——也许就像师父憧憬天才那样。

"正好相反！"不久，师父低语道，"不是用太阳来比拟别的东西，而是比拟成太阳。既然齐集了如此大规模的太阳象征，这样做的难度要低得多。但如果这就是正确答案……"

他再次咬紧牙关，呻吟起来。

他这次的低语，却与之前埋头苦思时有着截然不同的声音。

"喂，哥哥，你自己是弄明白了，但也好歹多在意下周围啊。太阳到底怎么反过来了啊？"

莱尼丝终于忍无可忍，用略微严厉的口吻问道。反观师父，则单手捂脸，抬头看着乌云。

"这样一来，岂不是可能出现最坏的情况……"他喃喃道，

君主·埃尔梅罗二世 事件簿

“为什么我没能早点发现？我是有多可笑啊！要是我能早些发现，就不至于落到现在这般处境了。”

我甚至产生错觉，听到了师父咬牙切齿的声音。师父猛地转过身，没有理会莱尼丝，而是看向了我。

“格蕾。”

“是，在。”

我听到师父叫我的名字，用僵硬的声音回应道。我还以为自己心里所想暴露了，心脏毫无意义地猛跳了一下。我想是因为戴着兜帽，所以他们才没发现我的脸红了。

不过，师父根本没管这些，而是径直对我说道：“我有一事相求。”

5

时间稍微回溯一些。

在弗兰特和拜伦会合之前，某位女魔术师在月之塔轻轻点了下头。

"原来如此——这样行动啊。"苍崎橙子静静地低语道。

红茶在她身前的桌上冒着淡淡的热气。

这里是伊泽路玛分配给她的研究室。透过切割成方形的窗户，可以看到乌云即将吞噬傍晚的天空。虽然在气候多变的湖区类似的现象也并不能说完全没有，但如此激变还是相当的不同寻常。

橙子正以其他角度从窗户以外的地方俯瞰外界。

使魔——根据魔术门派不同，也会称之为仆从（Familiar）或精灵（Agathion），在东方则被称为式神。而橙子所用的自然还是人偶，她听说在第四次圣杯战争中，有魔术师用钢丝制作出使魔，于是一时兴起也试着用发条、齿轮和丝线来制作了一个使魔。

虽然原本只是心血来潮，却让橙子再次认识到，自己并不适合只用最起码的必需品来制作使魔。对于喜欢钻研的她而言，制作没有附加功能，只有单一功能的使魔让她感到"很无趣"。

使魔的翅膀是以黄铜丝，嵌入的眼睛则是以红宝石（Ruby）制作而成。这只使魔正翱翔在离这座塔有一段距离的另一座塔

的附近。

"虽然有些麻烦，但毕竟是受人之托。"橙子轻叹一声，站起身来，随后瞥了眼脚下。

房间的角落里放着一个——就她的行李而言略显庸俗且大得出奇的怪异皮包。

第二章

1

马约和伊斯洛躲在月之塔中。

他们遵照拜伦的吩咐，没有参与战斗，而是到共用的临时工坊里避难。伊泽路玛原有的工坊位于塔的最上层，而临时工坊则恰好相反，建造在地下。这种布局一方面是出于魔术上的考虑，避免二者的魔力或大源（Mana）的供给出现混乱，同时也包含着严格区分二者上下关系的用意。

当然，地下有利于吸取魔力也是原因之一，就像时钟塔也喜欢在地下建造工坊。不过，伊泽路玛所构筑的术式还是更为重视从群星的运行中吸取魔力。

两人都与对方拉开一段距离坐在椅子上。

石墙包围的工坊中除了烧瓶、蒸馏器等基本魔术用品外，还摆着药碾子、研钵等药师用具，以及纺锤、手动织布机等古典工匠用具。

显然，这是为药师（马约）和裁缝（伊斯洛）准备的工坊，也可以说是前来协助完成黄金公主和白银公主的魔术师们的历史……而昨晚才展现出巅峰成果的至高之美，如今却只剩下其中之一。

"你打算……怎么办？"伊斯洛·色布南突然问道，他那编得复杂又细致的头发也随之摆动。

他对人类啊社会之类的没什么兴趣。实际上，他甚至对经历极度痛苦才修得的魔术也没有多大感触。

他只是想看到美丽之物而已，恐怕这也是他们家族共通的特质吧。其亲族连续数代都选择协助伊泽路玛，想必也是出于这个理由。对伊斯洛个人来说，只有她们才配得上自己制作的礼裙。

其实，伊斯洛也切实地感受到，在姐妹两人的美的带动下，自己作为裁缝的能力也获得了显著提升。这种提升不单体现在时尚设计方面，由被当成魔术师来培养的他所制作出的服装还兼具魔术礼装的功能。

经由他手为黄金公主与白银公主量身打造的魔术礼装可不是通常所认为的——只用来展现魔力，引发超常现象的礼装。礼裙单纯是为了更好地烘托她们的美，体现出恰巧被莱尼丝言中的精髓。

"欣赏美的事物，会使自己也变美。"

黄金公主与白银公主在魔术与肉体上的改造，历经数代不断取得进展。色布南家的裁缝技术也同样不断进步。伊斯洛·色布南正立于历代族人的终点。

相较之下，药师马约倒是别有一番感慨。

"我、我……"

他神色憔悴地拧了下自己的嘴巴。尽管因为口吃，让他感觉呼吸有些不畅，但他还是努力颤动喉咙，想说出自己内心的想法。

"我……在想迪，不，黄金公主的……"

"……"

伊斯洛突然眯起眼。

他垂下蒙上阴郁之色的双眼，声音嘶哑地说道。

"迪娅多娜……和你……经常一起玩耍吧……"

马约闻言，神色暗了下来。

伊斯洛说得没错。在迪娅多娜还只是黄金公主候选，艾斯黛拉还只是白银公主候选时，马约就已经是她们各方面的玩伴了。魔术师子弟缺少交流对象固然也是自小就让他们来往的原因，但更务实的理由则是，马约必须从小就彻底了解她们的体质。所谓药师，就必须比患者自身更加深入地了解患者的身体。马约的家族——克莱涅尔斯家通过与伊泽路玛家的长期交流，了解到从小就让药师和患者接触的重要性。

对于马约而言，她们是自己出生前就已注定要为其献上自己技术的对象。

"为、为什么……现在还……提这个？"

"卡里娜她们也……经常一起玩耍啊……"

"因为……卡里娜她们……懂游戏。"马约磕磕巴巴地说道。

卡里娜姐妹有凯尔特血统，她们会不少当地特有的游戏。马约也常陪迪娅多娜和艾斯黛拉参与那些游戏。

"迪娅多娜……很喜欢玩跳房子。能、能跳得……比我远……好几倍。"（注：跳房子，也叫跳飞机，是一种世界性的儿童游戏，因趣味性、娱乐性极强，曾深受广大儿童的喜爱。）

"是啊……"伊斯洛靠在椅子上赞同道，"我其实……也不讨厌玩那个游戏……"

马约听到出乎意料的坦白，不禁惊讶地转过头："你很少……参、参与吧？"

"且不说艾斯黛拉和雷吉娜……每当我想和迪娅多娜玩的时候……马约你都会使劲瞪我吧……"

"唔。"马约一时语塞。

往事可骗不了老朋友。即便是魔术师，小时候的好恶也和普通人没什么区别。不论是小小的爱慕，还是小小的嫉妒，都会原封不动地留存在他们的记忆中，并伴随他们一起成长。哪怕在此加上魔术师这一特性（Vector）。

"我、我……"

马约话刚出口便打住。明明心中的想法快要喷薄而出，却怎么也说不出口。他从许久以前就一直如此。

"我并不……讨厌……你。"

"嗯……"伊斯洛满脸憔悴地点了点头，他仿佛是在玩味时间似的沉默了一会儿，才再次开口，"马约……你觉得……现在攻打过来的魔术师……是杀害黄金公主的凶手吗？"

"我不知道。"马约无力地摇了摇头。

实话说，他现在什么也不想思考，只想直接蹲在石地板上，像烂泥一样一睡不醒。要是能这样长眠不起，该有多幸福啊。据说有的魔术师会用自我催眠对精神进行解体清扫（Field Stripping），将压力连同意识阈（注：由德国近代唯心主义哲学家赫尔巴特提出，一个观念若要由一个完全被抑制的状态进入一个现实观念的状态，必须跨越一道界线，这些界线就是意识阈）一起消灭掉。但马约渴望的是更为彻底的自我破坏——最好是将所有人格都粉碎成毫无意义的碎片，再也无法重新构筑。不，要是自己从

未诞生于世就好了。如此一来，就不用看到自己如此深爱的青梅竹马死去了。

也不知过去多久，有人推开了房门。

马约和伊斯洛都不由得屏住呼吸。

出现在门口的是他们非常熟悉的——仿佛令这瞬间都变得美妙的天界化身，及其女仆。

"艾、艾斯黛拉，雷吉娜。"

马约喊出她们的名字。

与他们自幼相熟的白银公主现在却顶着一张陌生的脸。其实，将她调整成这副模样的人正是马约和伊斯洛。与故去的黄金公主一样，这是为美奉献一切所得到的结果。

"太好了，你们都在这里。"

比任何乐器都动听的声音在两人耳畔响起。

白银公主脸上还残留有小时候的面容，在这种情况下，对他们两人来说，这或许有些残忍吧。过于超凡的美将她身上除此以外的意义都夺走了。就像黄金公主那样，也许白银公主这一称呼比艾斯黛拉·巴留埃雷塔·伊泽路玛这个名字更为适合她。

"艾斯黛拉，怎么了？"

马约还是固执地用本名来称呼她。

"公主……"

白银公主制止住刚开口的女仆雷吉娜，然后亲自说道："能助我一臂之力吗？"

马约和伊斯洛不禁惊讶得面面相觑。

白银公主接着说道："我觉得君主·巴留埃雷塔才是杀害姐姐的真凶。"

马约如窒息般一时喘不过气来，伊斯洛则是沉默不语。

过了一会儿，马约见裁缝仍然沉默不语，便代为问道："为……什么？"

"伊泽路玛是巴留埃雷塔的分家，现在我们取得了过于重大的成果，不一定符合本家的利益。"

正所谓功高震主，在这世上并不稀奇。实际上，若黄金公主成功逃亡，拜伦固然地位不保，君主·巴留埃雷塔也会因对分家管理不善而被追究责任。

所以，白银公主认为那老妇人才是真凶。

她的推测合乎情理。伊诺莱凭借称雄巴留埃雷塔的秘术，想必能轻易将躲在自己房间中的黄金公主大卸八块。说不定还是她杀了掌握了某些线索的卡里娜，又嫁祸给自动型魔术礼装特里姆玛乌。

之后……马约僵直了好一阵，才抬起头来，带着某种决心问道："你打算怎么做？"

2

被雨云追赶的夕阳终于沉没。

本就昏暗的森林内部逐渐变得漆黑，加上泼洒的雨点，若没有魔术师强化过的双眼根本就无法看清周围。褐色肌肤的青年在黑暗中悠然地环顾四周，确认战况。

他淋着雨，十分无奈地叹了口气："这时间早该攻到伊泽路玛的双貌塔了……看来情况有些出乎意料啊。"

"万分抱歉。"戴着兜帽的袭击者们向青年跪下。

青年没有接受他们的谢罪，而是慢悠悠地往前走去。

"我名叫阿特拉姆·加里阿斯塔。"青年说道。

他闷闷不乐地皱起双眉，仿佛不得不自报姓名让他感到非常屈辱。如果计划顺利进行，那么现在他应该正身处伊泽路玛的根据地——双貌塔的其中一座塔中。

"拜伦阁下，您手下的年轻人相当有趣啊，就是品位欠佳这点不是很好。"

"他们好像是……宾客的弟子。"

拜伦大概还没法彻底接受这突如其来的援军，有些困惑地摇了摇头。

"还有这种事？哎呀，实在叫人羡慕。拜伦阁下真是德高望重，连素不相识的人都前来相助。欧洲的名流世家就是不一样啊。不像我的故乡，连亲族间自相残杀都是家常便饭。"

阿特拉姆叹了口气，他故意露出一副悲伤不已的表情，继续说道："那么，您意下如何呢？我的手下刚才也应该问过您了，那件咒体能让给我们吗？"

"就算您这么说，可这与我又有何干系……"

拜伦自然是不可能答应。

若不然他根本就用不着前来迎击，只需待在月之塔或阳之塔，表示出投降的态度就够了。剑拔弩张的气氛在两人之间弥漫开来，青年很快就转变了态度。

他踩着森林湿漉漉的地面，张开双臂。

"那就开战吧。"他装腔作势地宣告道，"战争，战争，战争（War,War,War）……啊，真是野蛮的发音啊。久负盛名的伊泽路玛居然会做出这样的选择，真是令人悲叹不已。"

青年万分遗憾似的摇着头，不过他倒是完全不打算去掩饰在嘴角泛起的下流笑容。不管嘴上怎么说，他都只是将这野蛮的厮杀当作一种娱乐来享受而已——这就是他笑容之下的潜台词。

只要是魔术师，大都对赌命相争之事早有觉悟。因为他们很清楚，就算魔术的力量无法在战斗中直接体现，但在斗争心或本能的驱使下，挑战个体生命的极限能够促使魔术发展。

不过，喜欢斗争的魔术师却意外的少。归根结底，斗争只是手段。他们都知道，没必要轻易将祖先传下来的秘术和魔术刻印置于危险之中。

而阿特拉姆·加里阿斯塔则不同于上述任何一种情况，他只是喜欢干净利落——即压倒性的胜利。

"不过，既然你希望如此，那就没办法了。晚辈阿特拉姆·

加里阿斯塔只好斗胆请拜伦阁赐教了。"

"等下——"

另一边有人喊道，阿特拉姆循声望去。

原来说话的人是斯芬。

"拜伦阁下，我有一个请求。"

"请求？"

"如果我们将他们击退，能请你归还从我们老师……不，从莱尼丝小姐那里收缴的月灵髓液吗？"

"这……"拜伦支支吾吾起来。

他没法马上给出答复，阿特拉姆看准这时机动手了。

"能消停下吗？本来就被你拖了不少时间，我可没空陪你处理这些琐事。"

他从西装里取出一件小东西——随之出现在他手掌上的是一只类似小巧的壶的物体。

"原始电池……你们应该听说过吧？"

世界最古老的电池是在中东的郊区——格加特拉布阿（Khujut Rabua）遗迹中发现的。

恐怕制作者其实并不了解电池的构造，只是在机缘巧合下发明出这种器具，用于镀金吧。不过，同样的结构却通过魔术师之手代代相传，沿着与科学截然不同的道路发展。

在其中某个家族没落之际，加里阿斯塔出来花钱将原始电池连同其历史一起买了下来。

加里阿斯塔家原本研究的就是矿石魔术和代价魔术，原始电池这种形式对他们来说真是再合适不过了。最终，他们成功将自己的魔力融合到电力之中。加里阿斯塔一族通过控制自古以来就在众多地区被人们视为神威和神鸣（注：神威，又称神居，是阿伊努语中对高等神祇的称呼。就意义来说，阿伊努语的"神威"与日语"神"的意思基本上相同，但"神威"更为看重"灵性"和"自然"方面的能力；神鸣，日本过去认为雷鸣现象是神在叫喊）来崇拜的"力量"，从而兴盛起来。当然，他们影响天气的术式也运用到了这项技术。

"肆虐吧（Gush Out）。"

此言一出，雷击便化作一只巨大的手，大手如闪电般袭向少年。雷击撕破空气的阻挡，眨眼之间便劈向少年的身体。

幻狼则回以咆哮。

双方的术式都蕴含魔力。闪电与音波——形式虽有不同，但只要是作为神秘而发出的，就无法违背大原则——即更为强大的神秘才会取胜。闪电与咆哮碰撞在一起，迸发出看不见的火花，二者化作坩埚，将雨点弹飞。

闪电与咆哮混杂在一起，最终又决裂分离。

这次的结果算是五五开。

若只看威力是阿特拉姆胜，但当风雨洗去扬起的粉尘后，化作幻狼的斯芬只是满不在乎地呻吟了一声。

"有两下子嘛。"他从牙缝间挤出声音道，"虽然魔术本身只算得上是二流，但就魔术师的战斗而言确实可说是一流了。"

"哦，二流？毛都还没长齐，还真敢说啊。"阿特拉姆嘴角泛起冷酷的笑容。

幻狼少年并没有被对方带着杀气的声音吓退，而是继续说

道："你自己不也很清楚吗？换作老师的话，一眼就能看穿了。你的魔术确实精炼得很到位。作为以战斗、伤人为目的的魔术，可以说是超满分的成品——但那不应该是作为魔术师的本质。"

斯芬轻哼一声："因为，就你那样的……根本不是魔术师，而是魔术使。"

在阿特拉姆听来，这番话无异于劈头盖脸的一顿痛骂，深深伤到了他的自尊。

他气得怒目圆睁，火冒三丈。他精炼出数倍于先前的魔力，驱动魔术刻印，将魔力注入原始电池的术式。加里阿斯塔家买来的术式将这些魔力以最高效率转换成了龙一般的雷电。

在场的所有人都仿佛看到了魔物张开血盆大口的幻觉。

雷龙不给斯芬任何退路，即将吞噬斯芬，就在这时——斯芬的身体兀地消失了。

没有人看得出，其实他以远超人类动态视力的速度跳到了阿特拉姆身后。周围的魔术师都发出重重的呻吟。斯芬在树干间如弹珠般跳跃，利爪如流星般从阿特拉姆头上挥下。

*

这里正好处于袭击者所处位置的反方向。

起伏的草原在风雨中看起来就像大海一样。极为狭小的马路在这波涛中，仿佛马上就会被吞没。这条除了魔术师便无人踏足的马路，或许也正如魔术一般，至今为止已经无数次在消失与出现之间循环往复。

一辆马车正停在路边。

在打开的车门前，一名看似随从的魁梧男子正给一位老妇人撑伞。

正当老妇人准备上车时——

"站住——"

一道清脆如铃的声音响起。

这名女子美得不食人间烟火，仿佛连"美"这个字在她面前都失去了意义。虽然经受疯狂暴雨肆虐的草原怎么看都不像是一幅美景，但是只要这名女子伫立在此，想必眼前景色就会化作一副画，永远刻在人们的脑海之中吧。一生之中最崇高的美就此定格，对旁观者来说，这究竟是幸运呢，还是不幸呢？

正欲上车的老妇人闻言，回过头来。

此人便是君主·巴留埃雷塔，她的本名是伊诺莱·巴留埃雷塔·阿特洛赫姆。

"哦，原来是白银公主。"老妇人露出满面笑容。

从马路后方走来的正是白银公主及其女仆雷吉娜。

"有什么事吗？而且，怎么感觉你的语气有些微妙，难道是我年纪大了，耳朵不好使所以才听错了？"

"我说让你站住。"

白银公主平静地重复道。

伊诺莱不由得吹了声口哨。

"居然用命令的语气跟我说话，真令人惊讶。虽然我觉得表面的礼节可有可无，可我也不喜欢随意引起争执。"

"杀死黄金公主的人……就是你吧？"

　　白银公主开门见山地直指话题核心。

　　她觉得没必要拐弯抹角，于是上来就用最直白的话语提问。女仆雷吉娜注视着主人，仿佛在说——这默默的注视就是自己对主人的支持。

　　"哦，"伊诺莱吃了一惊，"原来如此，来这一手啊，真是有趣。没错，我也是嫌疑人之一……啊，这样啊。如此一来，见证黄金公主的尸检的我也很值得怀疑啊。虽然我是出于一番好心，却有人觉得我是想消灭证据呢。"

　　"米克（你）也是从一开始就在旁边协助的吧。"

　　"哎呀呀。"男子挠了挠头。

　　在莱尼丝面前自称间谍的男子——米克·古拉雪特在伊诺莱身边恬不知耻地摆出一副随从的姿态。没错的话，他应该隶属于诅咒科（Jigmarie）。

　　"我只是帮忙和外界联络而已，要是因为这样就把我当成凶手或是帮凶，那可真是难为我了。我没做过那么夸张的事情。"

　　"能别装傻了吗？把袭击者引来的人也是你吧？"

　　"你说错了。"伊诺莱带着笑容解释道。

　　老妇人的笑容一如既往，但也正因为如此才更透着一股说不出的阴暗。

　　"至于加里阿斯塔家，他们只是眼尖，发现我也出席了晚会，于是给我打了声招呼而已——他们的确请巴留埃雷塔不要插手此事，并给了相应的好处。我这边可没做任何手脚，就连米克也只是帮我和加里阿斯塔进行联络的中间人罢了。"

　　"你从一开始就预料到若自己出席晚会，加里阿斯塔就会有所行动吧？"

"喂喂，你把我想得多有能耐，连所有的坏事情都能在背后穿针引线啊？这种事情只存在于阴谋论的世界——不过，说起来，魔术师的秘密结社本来就是阴谋论的聚居地啊。哎呀，方才还真是失礼了。"

伊诺莱抖着肩膀轻笑起来。围巾在伞边漏下的雨点拍打下摆动起来，隐隐可见老妇人裸露的锁骨。

"话又说回来……就算我真是凶手，你又打算怎么办？"伊诺莱继续说道，"向时钟塔申请仲裁吗？我可不觉得那会起什么作用。在普通人的世界，司法都不起作用，何况是魔术师的世界。再说，假如那位君主·埃尔梅罗二世所言属实，黄金公主之前曾企图叛逃。我身为创造科之长，清理门户也是合情合理。就算你再怎么努力，最多也就只能让派别斗争的材料发生些变动而已。"

"那就请你当场把我也杀了吧。"白银公主平静地说道。

在一边旁听的米克惊得目瞪口呆，女仆雷吉娜却只是沉默不语。

伊诺莱揉了揉太阳穴后开口道："原来如此，这就是你的杀手锏啊。"

"嗯，你要杀我，一定轻而易举吧，但后果就是——你将无法抵赖。引加里阿斯塔来袭，杀害伊泽路玛家的黄金公主和白银公主，这些事足以让君主·巴留埃雷塔名誉扫地了吧？"

白银公主说罢，回头看向相隔有一段距离的山丘。

当场的不愧都是魔术师，他们以"强化"过的双眼察觉到，那里站着两个人影。

"我想你也明白，马约和伊斯洛也在看着。他们和伊泽路玛关系匪浅，又属于梅尔阿斯特亚领导的中立主义派。很抱歉，这样说很失礼，但就算你是君主·巴留埃雷塔，也无法轻易将这事情压下去。"

巴留埃雷塔所属的是民主主义，也就是在积极起用新世代，主张改革时钟塔的派别。就算你来头再大，也难以越过这些派别发挥影响力……当然，若动用三大贵族的权势倒也并非不可能，但同时也不得不承担相应的风险。

"真是奋不顾身啊，现在的千金小姐可都不简单啊。若不是这种场合，我都想说一句正合我胃口了。"伊诺莱有些哭笑不得地闭上一只眼睛。

"你若不想这样，就请去阻止那些袭击者。"

"喂喂，你没听我说吗？说到底，加里阿斯塔的家伙只是忠告我不要插手此事而已。何况，他们本就是从乡下地方来到时钟塔的家伙，可不会服从什么君主啊三大贵族什么的。"

伊诺莱的语气并非冷酷，也非淡泊，她的言下之意就是——事已至此，自己只打算坐视不理。正如享受现代科学所带来的恩惠一样，这位老妇人是一位极端的现实主义者。

白银公主双肩颤抖起来。即便是愤怒的感情，从她身上表现出来也是如此的美。

如果她就是伊泽路玛打造的"最美之人"的终点，那么她的感情和性情也一定是为了能唤起人们对美的感动而塑造而成的吧。

"既然如此……我……"就在白银公主带着某种决心，准备开口时。

"请……等……"有人喊道。

一名穿着黑色西服的男子喘着气，伞也不打地从另一个方向现身。

"不，可以的话，希望你们双方都等一下。"

"哥哥啊，这样就累倒也未免太不中用了。"旁边响起一道打心底里感到无奈的声音。

莱尼丝·埃尔梅罗·阿奇佐尔缇一本正经地重新戴好帽子。

"君主·埃尔梅罗二世……"女仆雷吉娜轻声说道。

这个浑身湿漉漉的，双手撑在膝盖上喘着大气的人正是那位年轻的君主。

3

我们来聊聊魔术师眼中的常识吧。

一名魔术师，只要有一定水平，肯定会先熟练掌握"强化"。而"强化"虽然能显著提升力量和敏捷性，却不一定可以提升持久力。要问为何，那是因为——在使用魔术的同时活动身体，会同时削减精神力和体力。进一步说，在很多情况下，持久力都会下降。

当然这些都视技术和才能而定，有很多"强化"起来不费吹灰之力的天才，能同时提升持久力。

换言之，现在埃尔梅罗二世累得气喘吁吁，这本身就是一种不配为君主的平庸表现。

"赶……赶上了……"君主·埃尔梅罗二世喘着大气，抬头看向两人，随后对其中一人说道，"君主·巴留埃雷塔……你是想逃吧？"

"喂喂，别说得那么难听啊。"老妇人回过头来，露出整齐的牙齿笑道，"虽然伊泽路玛的确是巴留埃雷塔的分家，但并不意味着本家会无条件庇护他们。加里阿斯塔敢如此大举进犯，想必有着足够的大义名分。既然如此，待事情告一段落再追究责任反而更有用。"

"嗯，你说得没错，你会这么认为也是应该的。"

埃尔梅罗二世老老实实地点了点头。然后，他又看向伊泽路玛的白银公主。

"同样，白银公主就不得不拦住君主·巴留埃雷塔。因为如果君主·巴留埃雷塔若就此离去，就只能任凭加里阿斯塔肆意蹂躏了。"

他继续向沉默的白银公主问道："而且，你应该还逼问过君主·巴留埃雷塔是不是凶手吧？"

"您听到了吗？"

"很遗憾并没有，我光是跑到这里就已竭尽全力了。"

青年是在附近的山丘上用"强化"过的视力找到马车，然后一路跑了过来，不过这已经是他的极限。他可没有能耐同时"强化"听力，监听这边的对话。而且从他气喘吁吁的样子就看得出，他的确是拼了命跑才来到这里的。

"我只是想通了这件事的本质而已。"青年说道。

没错，他是真的直到刚才才察觉到这起事件的轮廓。

白银公主觉得君主·巴留埃雷塔是凶手——与其这样说，倒不如说君主·巴留埃雷塔是凶手对白银公主最为有利。案件的重点绝不在于寻找真凶，这不过是时钟塔派别斗争的一个侧面罢了。

"而且，我应该说过，这个案子交给我来查。"

"喂喂，"插嘴的是米克，他似乎一点也不在意身体被雨水淋湿，"都这种时候了，你还想玩侦探游戏啊？不管怎么说，这也太勉强了吧？"

米克给老妇人打着伞，粗鲁地扬了扬下巴。然而——

"君主，你特地旧事重提，想必是有什么用意吧？"伊诺莱催促道。

"嗯，如果您逃跑了，我会和白银公主一样很头疼的。"

"你对我说这些也没用啊。就像刚才所说，我没有理由继续留在此地。"

白银公主隔着面纱瞪向轻哼了一声的老妇人。

埃尔梅罗二世夹在两人中间，深深皱起眉头，但片刻之后他又说道："那我们不如来做笔交易吧。"

"交易？"伊诺莱重复道。

埃尔梅罗二世平静反问她："总而言之，不论是君主·巴留埃雷塔还是白银公主，都希望先阻止那些袭击者吧？"

"你说得倒是轻巧。对方既然敢攻打伊泽路玛，肯定也是抱着必死的决心来的。那可不是随随便便就能阻止得了的。不，他们甚至都不会听你废话。"

老妇人说得很在理。

恰好如阿特拉姆·加里阿斯塔在远处森林宣告的那样，这已经是一场战争。既然他们倾巢而出，那么要结束战争恐怕比开始战争还要难。哪怕是魔术师，只要是人类，就无法违背这心理层面的力学。

"我有一个想法……"君主·埃尔梅罗二世向满脸疑惑的伊诺莱说出某个提议。

这个提议相当有分量，不仅老妇人，就连旁听的白银公主、米克，乃至女仆雷吉纳都忍不住叫好。

不一会儿，伊诺莱便轻轻点头。

"原来如此……不过，要由谁来做这件事情呢？君主·埃尔梅罗二世，该不会是你吧？"

"那不如我来。"旁观的少女插嘴道。

伊诺莱和白银公主都回过头来。

没错，这里还有一个人——即埃尔梅罗原本的继承人，将区区三级讲师推上君主的宝座的少女，当时她只有七八岁。

"既然二位接受了哥哥的提议，那就由我来阻止这些袭击者吧。不过，还需要各位帮些小忙。"莱妮丝·埃尔梅罗·阿奇佐尔缇一口答应下来。

正当除埃尔梅罗二世外的人全都面面相觑时，旁边突然冒出另一道声音。

"你、你们……是怎么回事？"

带着口吃发出怒喝的正是二人组中的一人——马约。

伊斯洛小心谨慎地跟在他的身后。本来他们在山丘上待命，以作为白银公主被伊诺莱杀害时的人证，结果看到埃尔梅罗二世的到来导致情况有变，便慌忙从山丘上跑了下来。即便如此，马约依然想着去保护青梅竹马白银公主及女仆雷吉娜，虽然他一副战战兢兢的样子，但怀中似乎藏着什么魔术礼装。

对此——

"来得正好。"埃尔梅罗二世嘴角泛起一抹笑容："有件事想你们也帮下忙。"

"哥哥啊，你的笑容看起来相当不怀好意哦。"

青年听到莱妮丝的揶揄，忍不住清咳一声。

"虽然不便详说，但我的哥哥也相当辛苦呢。要是放任不管，我都害怕他会越发心理扭曲呢。"

"女士，莫非只有我从'越发'这个词中感受到了恶意吗？"

"哼哼哼，我本来就是充满恶意的呀。事到如今，你说的这些对我都不痛不痒。"莱妮丝露出了愉悦的笑容。

伊诺莱没理会在雨中茫然四顾的马约和伊斯洛，开口道："话说回来，你的入室弟子呢？"

老妇人问起为何格蕾不在场。

　　　　　　　　　　＊

斯芬以双眼辨识到阿特拉姆露出了得意的笑容，同时他的鼻子也感知到了三角形且非常浓烈的黄色气味——认知能让斯芬直接摸清对方的魔术。

雨点在半空中就一下子蒸发掉了。阿特拉姆头上张开着一张看不见的电网。斯芬在颤栗中意识到，就连称他为魔术使时他所表现出的激愤，也不过是想将不成熟的自己逼进绝境的陷阱……要是问他作为个人魔术师的纯粹力量，那么自己的回答大概是"也就一般"。虽然原始电池具备相当的威力，但换作埃尔梅罗教室的毕业生，任谁都能更进一步精炼这个式子。然而，在不局限于依赖魔术的战斗技能方面，眼前的男子却远高于自己。

"唔！"

斯芬伸出幻体的后脚钩住附近的树枝。他利用爪子轻轻一划，在空中改变姿势，避免整个身体都被电网捕捉到，同时运转魔力，准备使出撕裂阿特拉姆的一击。他咆哮一声，好似在说："你若打算用稀薄的雷电进行防御，我就连它也一起撕裂。"

斯芬使出全力挥动幻体的利爪，就在这时——

一道猛烈的冲击从旁袭来，横扫斯芬全身。

斯芬的幻体有一半被撕了下来，他勉强着地后，重新调整姿势。

攻击并非来自阿特拉姆。证据就是原始电池的电网也同样被粉碎，褐色肌肤的青年神色惊愕地回过头来。

"刚才……那是？"

斯芬哼了一声。

即使为风雨所冲淡，从森林正中央还是出现了一抹暗淡的绯红。那道人影所处的角落风平浪静，仿佛是一块被割离出来的空间。

"喂喂，"人影抱怨道，"我说你们啊，夸张的魔术也用得太多了吧？"

女子有些困惑地微微一笑。

斯芬注意到女子肩上摆动的秀发，一如他用鼻子感知到的颜色，都是暗淡的绯红。不过，斯芬产生了一种直觉——绝不能将"绯红"二字说出口。

女子此时摘下了眼镜，然而少年并不清楚与眼镜相关的事情。女子看起来神清气朗，正饶有兴致地注视着斯芬。

"难……不成……"

斯芬知道女子的名字，阿特拉姆也对她有大致的了解。

不过，两人还是对她的出现感到颤栗。因为他们都没有料到，女子竟然会选择在这个时机进行介入。

"抱歉了，埃尔梅罗教室。"

苍崎橙子踏着湿漉漉的地面，走向某个方向——她来到阿特拉姆身旁转过身来，时钟塔最高位的冠位魔术师缓缓地冲少年们微微一笑。

"我正好受人所托，只能与你们为敌了。"

橙子的脚在不知不觉之间动了起来，弗兰特最先注意到她用脚跟在湿漉漉的地面上画下某种文字。

"卢·西安同学！"

弗兰特在背后划动手臂——正是他刚才用来反转魔术师雷击的介入术式，但这次在术式奏效前，他就被猛地击飞了。

"还有，那边的金发小子。从刚才起就一直在寻找我的破绽，想法很不错，就是过于刻意了。"

溅了一身泥水的弗兰特闻言，茫然地抬起头："为……什么？"

"我要是发现不了才奇怪呢，你之前不是都一直用那个对付加里阿斯塔的人吗？也就是说，你可以通过某种方法读取魔力的流向。能力本身倒是挺常见的，但精度却颇为惊人。直接介入术式使其反转什么的，在时钟塔没有哪个正常的讲师会这样教。原理就是让对方的术式产生飞去来器效应，最后落得自灭的下场。"（注：飞去来器效应是指个体所作所为的结果反而使其受到损害的效应。）

橙子露出相当钦佩的样子，滔滔不绝地说道。

"时钟塔正常的讲师"似乎才是她说的重点。

"不过，我的魔术在流通魔力的阶段就已经结束了。"

橙子的手指在虚空中轻轻描出某个纹路——符文魔术。

现在刻在她脚下的符文是ᚠ（Fehu），不止如此，其两侧还刻有ᛉ（Algiz）。前者痛击了斯芬的幻体和阿特拉姆的电网，后者则击飞了正准备介入的弗兰特。

这个术式的特征是需要花时间去刻符文，但符文一旦刻下，就只需要使出只是流通魔力的一步式（Single Action）魔术便能完成。从魔力生成到构筑术式的时间延迟几近于零。这种式式必然只能发挥限定的效果，但眼瞎的形势却是，弗兰特根本没任何机会介入。

不……当然，弗兰特也不是第一次见到一步式的魔术了，在时钟塔有大把机会能见识这类魔术。至于符文魔术则更是常见，由于苍崎橙子本人将技术卖给了时钟塔，所以弗兰特也会其中一些极为基础的式式。

问题在于，女子编出来的术式实在是太美了。

根本不需要去解剖黄金公主与白银公主，魔术师只需要通过美感来判断术式的完成度。就像一些程序员会用优美与否来判断代码一样，这个女子与魔术基盘之间的联系就正是如此合乎理想。

这估计是所有钻研魔术的人都梦寐以求的吧。

相对而言，女子的魔力量并不出众。她也没像时钟塔那些高位魔术师那样，带有可怕的礼装。但她缓缓循环的魔力却能保持着如莫比乌斯环般的完成形态。正因为弗兰特对魔力极为敏感，所以他比谁都更清楚其厉害之处。(注:莫比乌斯环，也称莫比乌斯带，是一种只有一个面和一条边界的曲面，也是一种重要的拓扑学结构。)

这可是曾重现出一种——甚至多种魔术的天才方能到达的境界。

弗兰特一想到这里，便迅速做出决断。

"嗯，这可完全打不过呀！卢·西安同学，快逃吧！"

"啊？开什么玩笑……"

斯芬转过头一看，瞬间就惊呆了——

"卢·西安同学，快逃吧！""卢·西安同学，快逃吧！"

叫唤他的并非弗兰特，而是漆黑得像剪纸一样的人偶，尽管它和弗兰特一模一样，但表情和姿势都明显固定不动。

"卢·西安同学，快逃吧！""卢·西安同学，快逃吧！""卢·西安同学，快逃吧！"

"卢·西安同学，快逃吧！""卢·西安同学，快逃吧！""卢·西安同学，快逃吧！"

"卢·西安同学，快逃吧！""卢·西安同学，快逃吧！""卢·西安同学，快逃吧！"

人偶一个劲地重复叫唤，就像坏掉的八音盒。

橙子耸了耸肩说道："本体已经溜之大吉了啊。只是摸一下就落荒而逃，他是逃得有多快啊……唔，看来他是临摹影子，制作出了自己的仿品。原型是哪里的魔术来着？是德国的某个乡下吗？"

橙子盯着人偶看了片刻后，皱起秀眉。

"不对，他根本就没有使用既有的魔术基盘，而是用即兴设计的术式代替了基盘从而使之成立……这是闹哪样啊？这可相当于每使用一次魔术，都从CPU设计图开始重头制作啊。他是笨蛋吗？明明有高超的技巧，却用来完成这种毫无意义的魔术。不过，我也没资格说人家。"橙子哭笑不得地叹了口气。

所谓魔术，就是让魔力通过魔术基盘，以此来引发的疑似超常现象。

然而，只是就理论上而言的话，魔术基盘本身是可以当场创造的。只是即兴创造出的魔术基盘会受到极多的参数影响。土地的灵力、群星的运行自不用说，就连一阵风、一撮沙、正好在场的人的纷杂思绪等一切因素都必须在构筑术式时加入到计算当中。

既然临时的魔术基盘会受如此多的参数影响，那么一度构建成功的术式在第二天——有时候甚至在几秒之后就失去意义的事情也是理所当然。没有通过信仰或集体潜意识进行固定的魔术基盘就是如此不稳定。

"且不说必要性，单论术式的运用，他在这个年纪就达到了色位水准了啊。埃尔梅罗真是养了一群有趣的家伙啊。"

橙子微笑着轻轻挥动手指，她在虚空中画出的文字类似于S。实际上，这在符文——即拉丁字母的起源中的名字为Sōwilō，含义是"太阳"。弗兰特留下的影人偶在符文的作用下瞬间消失，就如同被朝阳照射的冰霜。

即使是相同的符文，也会根据写法或场景不同，而使得效果和威力大不相同。

橙子自己曾试过将同样的文字铺满公园，将"夜"这一属性从一块土地上夺去。她觉得和当时相比，自己现在的魔术真是变得粗糙了不少。归根结底，魔术就是执念，而其前提就是

君主·埃尔梅罗二世 事件簿

将自己置换成为神秘运作的齿轮。虽说自己在来到时钟塔之后也稍微重新磨练了一下，但如果那几位老友还活着，想必会长叹一声"你堕落了"吧。

即便如此，现在也足够了。

她将种种思绪藏在心中，朝少年问道："那么，你打算怎么办呢？"

"这还用问吗？"斯芬前倾着身体回答道。

他用半实体化的幻体后脚威势十足地刨去一片湿润的土地，同时张大嘴巴，露出利齿，滴着口水，瞄准敌人的喉咙。

"不听朋友的忠告吗？"

"与其听那家伙的话临阵脱逃，还不如去死呢。"

斯芬露出獠牙，恨恨地说道，看来幻体状态并不影响对话。

"偶尔也会有像你这样的笨蛋呢。"

橙子微微苦笑，耸了耸肩，用欣赏的目光看向斯芬，随后突然看向旁边。

"你先请。"

她向阿特拉姆催促道。

青年闻言，一瞬间皱起眉头，随后又恢复到原本的表情，反问道："可以吗？"

"这次我没必要与你为敌。"

阿特拉姆还没来得及为橙子的话松一口气，便大吃一惊地转过头。

弗兰特的影人偶应该在刚才就消失了才对，但是他估计准备了备件，人偶又在新的地方站了起来，说道："你好，是橙子

86

小姐吧？如果你想要钱的话，还不如痛殴这褐色的家伙一顿，然后制作一个一模一样的人偶，侵占他家更为高效！这样大家就都能得到幸福了！"

"唔！"遭人点名的阿特拉姆恨得咬牙切齿。

对此，橙子倒是瞬间露出认真思考的神色，她在看了眼阿特拉姆的侧脸后，又轻轻摇了摇头。

"很不巧，这并不符合我的审美。我可没兴趣制作这种无趣的人偶。"

"……"

阿特拉姆虽然脸色有些难看，但还是放心地舒了口气。他不耐烦地踹了踹手下的魔术师们，用刚好能带来刺激的轻微电击强行将他们唤醒，并回头看向与其对峙的拜伦。

"那么，我们继续谈判吧，拜伦阁下。"

"有什么好谈判的？"

壮年绅士小心翼翼地把手杖收回到身边。

突然参战的弗兰特和阿特拉姆倒还好说，但关于苍崎橙子的力量，他是再了解不过了。何况，橙子刚刚还在他的面前展示过实力，他可不敢贸然行动。

阿特拉姆满意地笑了笑，正准备往前走去——

"等下，"有人喊道，"我可没说过要放你过去。"

说话的正是斯芬，他的眼中燃烧着熊熊的斗志，就连身体也看似变得越发巨大。驱动幻体的魔力经由少年强韧的魔术回路得以精炼，令森林中的空气都为之颤抖。

"真是一名可靠的骑士（Knight）啊，但我觉得你最好还是重新考虑下要保护的对象。"橙子低声说道,"也罢,不管怎样,你都得先过了这一关才行。"

在橙子话还没说出口前,斯芬就已经以鼻子感知到了惊人的事实。

在少年周围半径约十米的范围内,充斥着无数的符文。当然,就算是橙子,也不可能在来到这里之后,才制作出如此大量的符文。斯芬还感知到,在看似是符文起点的位置上刻着的是ᚾ(Nauđiz)、ᛃ(Jē₂ra-)、ᚢ(Ūruz)几个符文。

"难……不成……"

他还察觉到,这些符文排列,应该意味着"制作"。

橙子已经达到用符文来创造符文的境界。

少年感受到毛骨悚然的恐惧,立马就想跳走。他通过兽性魔术获得了远超人类极限的肉体,本应该可以在大部分术式——哪怕是一步式的术式起动前逃离。然而——

"唔!"

斯芬的脚却被抓住了。

他马上就意识到是之前昏迷过去的袭击者抓住了自己的脚,同时他看到袭击者身上画着一个符文ᛗ(Mannaz)。

"Mannaz!"

单论符文的名字,他还是知道的。

这是表示"人"或者"人形"的符文。放在当下,肯定是为了操纵人——

"不好意思,我是物尽其用主义者。"

在斯芬听来,橙子的声音是那么的遥远。

明明是在雨中，她却不知何时拿出了一根香烟叼在嘴里，吐着淡淡的烟雾。

"唉，这烟果然很难抽啊。"

她的话还没说完，周围的符文便一齐爆炸了。

比刚见面时强烈数十倍的冲击将斯芬的意识连带幻体一同轰飞至黑暗之中。

*

呜哇……呜哇……呜哇……

弗兰特拼命忍住想要喊出声的冲动。

他狂奔在林中崎岖的道路上，同时还拼命维持着远距离操控术式。这项绝技令人不禁联想到特拉斯院的分割思考，不过弗兰特当然不具备这种能力，他纯粹就是有天赋罢了。正如橙子所看穿的那样，这与魔术师本质上的力量没有多大关系。不过，在这种街头表演似的魔术方面，同龄人无人能出其右，这就是少年弗兰特·艾斯卡尔德斯的特点。

说句题外话，他的才能之所以会一个劲地往这个方向发展，君主·埃尔梅罗二世应该也有着不可推卸的责任吧。

弗兰特一边跑还一边通过新启动的影人偶向远处的橙子搭话："你好，是橙子小姐吧？如果你想要钱的话，还不如痛殴这褐色的家伙一顿，然后制作一个一模一样的人偶，侵占他家更为高效！这样大家就都能得到幸福了！"

橙子对此的回答也通过影人偶传了回来。

"很不巧，这并不符合我的审美。我可没兴趣制作这种无趣的人偶。"

"说得也是！"

影人偶和本体同时表示理解。

橙子以审美为由拒绝后，对话也就无法继续进行下去了。弗兰特心想，要是有人叫自己制作那个人的人偶，自己估计也会很头疼。不过，现在还有一件事情让弗兰特无法老老实实地接受。

"卢·西安同学，怎么办啊……"他语气极其严肃地嘀咕道。

少年的低语之中，还有着一丝软弱，不同于他的一贯作风。

此时则出现了与他所期待的不同的回应。

"不不不……你现在根本没空担心别人吧？"

"哇啊！"

这句话听来不同于平时通过空气震动进行传播的声音。不，这声音也确实有震动，但并没有正常地通过声带发声。

"毕竟，你还没彻底逃掉呢。"

那是一只猫——弗兰特正被一只扁平的猫追在身后，它那惊人的速度自不用提，更可怕的是，它那双紧盯过来的眼睛居然没有瞳孔。

那只猫就像一个平面，感觉不到任何厚度，而且浑身漆黑。

"哇啊！"弗兰特大叫一声，加快了速度。

当然，他施展了只有魔术师才会的"强化"，以惊人的身法一路轻灵避开灌木和树丛。然而，扁平的猫却没被甩开，而是一直在他身后紧追不放。

"等、等、等下了啦！啊，真是的，看我这招！"

弗兰特吟唱咒文后，转身放出式式。

虽然这一招威力平平无奇，但是轨迹与效果却是变化万千。或是燃起火焰，或是刮起狂风，或是化作无数的针。这不是单纯的一种魔术——不，或许正如橙子所看穿的那般，地点一旦改变，就无法再次使出同样的魔术了。魔术接二连三地向着猫爆发。

可这些攻击都未能伤到猫的分毫，只在林中的树木和地面上留下痕迹。

扁平的猫并没有笑，但它通过将嘴巴从脸上抹去来表现出笑容。

"不、不妙啊，这下要完蛋了吗？"

弗兰特脸上冷汗直冒，拔足狂奔，却一点也拉不开差距。猫反倒还慢慢追了上来。

"真是够了！"

弗兰特这次放出的术式，引发了迄今为止最大的爆炸，不止是猫，就连他自己也被轰飞了。

他借着冲击波，身体在空中猛地加速。

"呜哇哇哇哇！"

弗兰特顺势而飞，同时启动减轻重量的礼装。

他护住脸和要害部位，虽然沾了一身泥巴却也毫发无伤地落地。他借势翻滚，一口气拉开了几十米的距离，然而——

"完了完了……这也不行啊？"

弗兰特一脸嬉笑地回过头来，只见猫仍和他保持着和刚才

一样的距离，没表现出任何反应，像只小怪物一样主宰着这片
黑暗的森林。

不，虽然猫没有表现出任何反应，但是从别的地方传来了
反应。

"你……没事吧？"

询问声来自弗兰特眼前的树木。

他看到从树后现身的少女，不禁惊讶地瞪大了眼睛。

"小蕾！"

*

"小蕾！"

我很不可思议地俯视着大吃一惊的弗兰特。

师父用手指向森林方向，说弗兰特就在这里，于是我就按
师父的吩咐过来了。

在途中，我感知到强大的魔力活动，所以没怎么费劲就与
弗兰特会合了。

然而，这位总是满嘴胡言的悠闲少年，眼前却灰头土脸地
落荒而逃。光是这种情况，就足以让我进入戒备状态了。

我看向对弗兰特穷追不舍的影子。

"猫？"

不，说到底我还是无法如此认为。

原来如此，应该是借用了猫这一"概念"吧。要实现神秘，
必须借用与现实相近的形态。记得师父好像在课上讲过，即便

是魔术，也难以通过完全不相关的形态来干涉现实。

"呀哈哈哈哈！喂喂，那是什么玩意啊？真的是现代魔术师的作品吗？"

亚德憋不住似的大笑起来。

刚好，现在正需要用到亚德。

"亚德！"

我解开扣具（Hook），让它旋转着从右臂上解放出来。已经变形到一半的亚德进一步解开"牢笼"，如愚者之火（Will-O'-The-Wisp）般朦胧的磷光转眼间就变化为新的形态。

那是无人不识的收获的形状，即收割灵魂的形态——死神之镰（Grim Reaper）。

"啊啊啊啊啊啊啊！"

我一蹬地面，爆发出远超普通魔术师"强化"的跳跃力。周围泥土飞溅，镰刀之刃一闪而过，仿佛视狭小的森林空间如无物。

镰刀确实切断了猫的身体，然而——

扁平的猫即便承受了连灵魂都能撕裂的死神之镰的一击，却依旧安然无恙。它还抖了抖身子将落下的雨点弹开，然后伸出爪子朝我袭来。

我一个后空翻向后闪躲，但还是有几根露在兜帽外的刘海被切断。这足以证明，在纯粹的战斗速度方面，这只扁平的猫可以与我匹敌，甚至比我更胜一筹。

比我还快……

这个事实令我大受打击。

半天前，在森林中与那只自动人偶战斗时的屈辱感再次涌上心头。像这样在兵刃交锋中处于下风，令我很不可思议地燃起了某种情绪，尽管我觉得这很荒唐。

"亚德……"

"呀哈哈哈哈！喂喂，你啊！怎么好像突然充满干劲了？"

显现在镰刀上的眼球目光炯炯地凝视着我。

"因为师父吩咐过我……"

"光听你这句话，还真是让人感动得流泪啊！"

伴随着尖锐的笑声，我和死神之镰不断收割周围的魔力。虽然以这种形态收集的魔力有限，但再怎么说这里也是魔术师的土地。反而正因为这里受到了加里阿斯塔的天候魔术影响，我们才得以源源不断地将不受控制而四泄的魔力吸入体内。

我让这些魔力从魔术回路出发，流遍神经与肌肉。

这项操作只要稍有差池，就可能会导致血管破裂。但我就像在驾驭从小骑惯的自行车，根本没有丝毫迟疑。换言之，把自己替换为齿轮——为神秘而运转的齿轮，这种事情我早已习惯了。尽管与魔术师不同，但我也依然是这个世界的人。

以火花为意象。

聚拢起来的火花化作朦胧的火焰，在胸腔内旋转嘶吼。师父曾说过，不论东西方，都习惯将徘徊的灵魂形容为鬼火，或是杰克南瓜灯之类的火焰，其理由尚未有定论。

我想大概是灵魂会燃烧殆尽的缘故吧。因为灵魂存在的同时也会燃烧自己的灵体，总有一天会燃烧殆尽。

"……"

我稳住呼吸，彻底化作为神秘运作的系统。

扁平的猫朝我猛冲过来。

我深知它的爪子有多么锐利，别说铁管了，就算是比它的爪子还厚的钢板，估计它也能轻松切断吧。薄得像二次元平面的爪子却能无视三次元的硬度，若不是亚德的神秘度远超对方，估计我和镰刀都会被它一分为二。

这次，我的身体下意识地动了起来。

我顺着猫挥爪的方向旋转，就像以镰刀刀刃为外缘的陀螺，在树木间纵向回旋。

我对猫连斩七次，却没有造成任何伤害。

我并不感到惊讶，因为斩击就像切水一样毫无手感，猫也依然健在。

不过，继续下去的话，我还能再斩上几十次。如果说几十次不够，那么几百次也不成问题。我的价值就是如此的微不足道。将精神和肉体消耗至极限，对我而言，这就是如此天经地义的事情，连前提都无需考虑……老实说，一想到会消耗殆尽，我居然感到了一丝愉悦。然而——

"小蕾，那边！"弗兰特突然对我喊道。

相比于我，倒是亚德更精确地把握到了他的意图。

"格蕾！"

我受到亚德叫喊的影响，再一次跳了起来。

方向和距离都交由与亚德同步的身体来掌控，在跳跃至最高点时，用死神之镰朝着雨下个不停的夜空斩去。

镰刀斩断了某样东西——虽然我看不见，但恐怕是施加了

某种不可视或不可认知魔术的东西。那个东西掉落到地上，才终于现形。

那是一只模仿鸟类的使魔。身体和翅膀由黄铜制成，眼眶镶着红宝石。而且使魔体内还有一个看似胶卷转盘的极小部件在转动，通过眼睛的宝石投射出光芒。

当我发现光芒熄灭时，扁平的猫也随之消失了。

"原来是影像啊……"弗兰特嘀咕道。

怪不得斩不断。

即便镰刀能斩断灵体，也无法斩断投影在空气中的影像。不，就算斩断了，只要投影仪还在运作，影像就会不断复活。那确实是一件脱离现代的魔术礼装，配得上冠位之名。

我一下子放松下来，这才反应过来。自己刚才已经把神经都绷紧到了极限，魔力循环过的肌肉仿佛随时都会发出惨叫。

"可是，小蕾你为什么会在这里？"

"师父吩咐我……来接你们。"我回答道，"而且，万一……你们和冠位魔术师……"

"唉，你那匣子里的东西还真是棘手啊。"

"唔！"

尽管不愿承认，但我还是听得出这次是真人的声音。

我僵硬地回过头，只见视线前方是一头暗红色的秀发，即便被雨水淋湿也依旧美丽。

女魔术师身上散发着淡淡的烟草味。也许是因为雨水的冲洗，直到距离这么近我才察觉到这股气味。女魔术师一脸不耐烦地拨了拨秀发，冷冰冰地注视着我们。

"冠位……魔术师……"

嗯，我很清楚。

所以师父在拜托我的时候，神色才会那样为难。师父不是顾虑前来袭击的加里阿斯塔一伙人，他甚至毫不担心地表示，以他们那种水平，弗兰特和斯芬应该都能全身而退。

然而，师父在发现自己算漏了某种可能后，顿时苦恼起来。

也就是说，这位女魔术师——苍崎橙子有可能参战。

"为……什么？"我谨慎地架起死神之镰，问道，"为什么你会站到加里阿斯塔那边？"

"喂喂，这还用得着详细解释吗？不是那位君主派你来的吗？所以，我还以为你已经明白最起码的情况了呢。"

"……"

我看到她那堂堂正正的姿态，不由得回想起师父曾经说过的话——

在时钟塔，那些特别的术者会被赋予以颜色冠名的称号。尤其是三原色，代表着一个时代的最高水平。当时大家都以为，达到冠位的苍崎橙子理所当然地会被赋予纯粹的蓝色（Blue）。然而，她被赋予的却是红色的合成色，而非纯粹的原色。

"因为……不是最厉害的？"

我隐约感觉到，事实并非如此。

我不了解她这种等级的魔术师。我也曾想过，或许是因为她只是个散人，并不归属于特定派别，但还是觉得不对。会不会是因为她的灵魂和她的发色一样，都是红色的呢？所以赋予给她的颜色才是如此的不够纯粹，却又正因为如此，才会如此

显眼。

我轻轻咽了口唾沫，面对橙子说道："师父说……你也许会阻碍我们。"

师父的语气有些微妙，他说橙子并不会成为加里阿斯塔的同伙，而是会阻挠我们。

"嗯，原来如此。"橙子也明白了，"其实是有人拜托我与你们为敌。"

女魔术师很干脆地说道。

我把这个回答牢记在心中，继续问道："斯芬……呢？"

"嗯？啊，你说那个狼小子啊。"橙子反应过来，点了点头，"不知为何，他让我感觉有些怀念，于是就没有起杀心，就那样放任不管了。不过，那个加里阿斯塔的家主也许会对他做些什么吧，但那就不是我的责任了。"

我紧咬嘴唇。

这并不是出于什么同伴意识。说到底，虽然我属于埃尔梅罗教室，却不是魔术师。而且就算不去考虑刚才那只猫，我也深知，眼前的女魔术师是一位超乎寻常的对手。光是与她对峙，就已经让我手指颤抖，心脏猛跳了。

即使如此，我也没想过退缩。

有个每到这种时候都决不会退缩的人，他的脸在我脑海之中挥之不去。

我越发用力地用手握紧死神之镰。

"嗯，这个还挺有意思的。"橙子指着我的镰刀说道，"虽然是第一次见，不过它应该属于那种有上千年历史的神秘吧。说不定，甚至都不是人造出来的吧？这可不是现代魔术师能匹敌的呢。"

神秘会屈服于更为强大的神秘。

当然，很多时候魔术的生克与技艺的巧拙也可能带来逆转，但这条原则还是成立的。而在多数情况下，神秘的强大都源自于它的古老程度。橙子已经隐约看穿亚德——成为死神之镰核心的宝具。

"既然如此，能否请您高抬贵手呢？"我由衷地请求道。

"很可惜，这件事情也算是委托。我有自己的苦衷，不能说撤就撤。"

橙子用手指不着痕迹地画出一个文字——那是符文。

我不懂它的含义，毕竟我对魔术师知识的学习还没认真刻苦到这种程度。不过，我还是感觉到一阵恐惧。

我在短短的一瞬间就挥出镰刀，但还是橙子的魔力更快。毕竟，一步式魔术的压倒性速度，可不是来自外界的物理手段所能匹敌的。

既然如此！

我孤注一掷地一跃而起。

魔术连同从符文发出的冰刺一同向我砸了过来。

看来橙子打算限制我的行动，然而我和亚德在神秘的层次上处于更高位。我只是施放出已到达临界点的魔力，橙子的攻击就如同被太阳晒到的冰霜一般散去了。

"果然厉害啊，现代共通（Fuþark）的符文根本无法抗衡吗？若单纯比拼力量，这种做法的确是最有效的。在试探魔术的生克前，用更强的神秘压制较弱的神秘——嗯，这招我以前也用过。"

橙子在滔滔不绝地说着的同时，继续画出符文。

时而升起火焰，时而发出看不见的冲击。

虽然死神之镰瞬间就将符文的魔力与神秘现象统统斩断，然而橙子脸上却不见丝毫焦急的神色。她就像兴致勃勃地观察实验结果的科学家一样，湿漉漉的脸上一直挂着淡淡的微笑。

"那么，天才同学，接下来你会让我见识什么样的稀奇魔术呢？"

橙子看也不看就迅速抬脚，做出一记漂亮的高踢腿盲击。

想从背后悄悄靠近的弗兰特被这一脚踢飞，撞到身后的大树上。他后脑勺受到撞击，整个人软绵绵地瘫倒在地。

橙子看了眼一下子就晕过去的少年，哭笑不得地说道："哎，我只是打算在魔术对战开始前对他稍加牵制一下而已……没想到直接就把他踢晕了……喂，这家伙到底是有多偏科啊？"

实话说，我也持同样意见。不过，我在时钟塔的课程上也经历过这种情况。

"强化"不仅能作用于体力，也对反射神经和平衡感起效，却无法增强个人经验与判断力。就弗兰特的情况来讲，即便他的身体能力大幅上升，可是对格斗技巧仍旧是一窍不通。具体而言，护身术课程他每次都不及格，甚至在被老师训斥的时候，也多是因为体力不过关。

不论怎样，毫无疑问我方少了一张底牌。

就连争取时间都已经——

毫无疑问，被看穿而陷入不利的正是我方。橙子或许还有不少杀手锏，而我却只剩下一两张王牌。而且以现在的情况，我的王牌还不一定能派上用场。既然如此，就只能靠唯一胜过橙子的体力来坚持了。

"啧！"

我双脚猛地一转。

镰刀以橙子为目标，利用离心力一口气斜劈下去。亚德已经从四周吸取到必需的魔力，循环下来的魔力比刚才斩猫时还要高上几个档次，已经达到了现阶段的极限。

使用镰刀毫不留情地挥下的一击，却在命中前停了下来。

"什么？"

阻挡镰刀的不是符文。从之前的状况来看，哪怕是防御用的符文，也应该能劈开。然而，这异样的手感……

"看来包括你们在内，这次到场的魔术师都误会了。"

橙子感慨地喃喃道，她的声音在雨声中低沉地掠过地面。

"如果一个魔术师想成为最强，根本就没必要自己动手。嗯，关于这点，君主·埃尔梅罗二世不是应该最清楚不过吗？毕竟，这也是他能够在上次战争中幸存下来的最大原因。"

明明近在咫尺，可她的声音听起来却非常的遥远。

不知何时，橙子右手上多出了一个包。

说是旅行包却又显得有些过于巨大。从那奇怪的包的缝隙看进去，只能看到一片漆黑。充斥在包里的黑暗已化作一个整体，以我"强化"过的视觉都无法看透。

里面有两样东西——

"只需召唤出最强东西，或是造出最强的东西。"

包里散发出光芒——那是两只眼睛。

我整个人都僵住了。

我终于明白，镰刀为何会停下了，并不是橙子做了什么手脚。我感到非常恐惧，在我心中，已然明白盘踞在包里的怪物到底是什么了。嗯，没错。这个包的形状不是能让人联想起来吗——巨大得不像是包的立方体。

比方说，类似于亚德——在神话中出现的封印魔物的匣子，二者的性质难道不是相同的吗？

"苍崎橙子，你……"

喉咙无法挤出声音。

如此一来，从缝隙中伸出来的东西，大概就是触手了吧。缠住死神之镰的那个东西具备着连亚德都无法轻易斩断的压力与柔韧，无论是镰刀的刀刃还是刀柄，甚至连我自己都正被它吞噬。

纯粹源自生理的恐惧，不断从我的喉咙深处往上涌来。

＊

突然，从森林方向飞来一具人的身体。

那人正是拜伦，他一头撞在湿漉漉的地面上，连身上英式西装也弄脏了。

"哎呀呀，苍崎女士。"将人打飞的青年撩起头发说道。

"阿特拉姆，你那边已结束了吗？"

"哼哼，算是分出胜负了吧。"

阿特拉姆像是拂去尘埃似的轻轻拍了拍手，然后低头看向拜伦。实际上，虽说拜伦也是一位优秀的魔术师，但在纯粹的战斗能力方面，却绝无可能战胜阿特拉姆。这位褐色肌肤的青年早已对激烈的战斗习以为常，在他眼中，整日沉迷于陈腐的权利斗争的魔术师根本不值一提。

跟随阿特拉姆的加里阿斯塔一众手下也从后方走了出来。

斯芬也落入到他们手中，被其中一人抓住他的后颈，像拖着一块破布一样走来。虽然那名袭击者体型瘦弱，但只要进行了"强化"，拖着一个人走，不过是小菜一碟。至少，在运用魔力方面，这些手下也都具备超越普通魔术师的实力。

"拜伦阁下，如何啊？尽管费了些功夫，不过您也该放弃了吧？"

"放弃什么？"

拜伦捂住伤口，抬头看着青年。

"哼，您倒是和时钟塔那些大人物一样顽固啊——真是的，你们一个个都脑子进水了吗？"

阿特拉姆似乎认为，拜伦已经只能任由他们宰割，只要挑个喜欢的时机进行审问即可。阿特拉姆大概也已经受够与高傲的英国绅士打交道了，于是转而问向橙子："也罢。倒是苍崎女士，真不愧是冠位啊，对美丽的少女也毫不留情。是想把她弄成废人还是怎的？"

"喂喂，那样也太浪费了……呃，别说得那么难听嘛。对方可是可爱的少女，我只是正好灵光一闪罢了。"橙子撅起嘴说道。

我在她面前握着镰刀，浑身动弹不得。

实际上，橙子拎着的包关得紧紧的。她根本就没有打开过包，刚才只是稍微让我闻了一下包中的东西而已。

"她好像对灵魂的感受性太强烈了，这种情况在灵媒中很常见。正因为出类拔萃，所以才会在某些情况下，成为致命缺陷。好像对那个教室的学生而言，这是共通的吧。"

"斯……芬……弗兰特……"

我从喉咙中挤出两人的名字，但身体还是动不了。

这不是单纯的颤抖或萎靡，而是源自精神（心）深处的麻痹。我深知若轻举妄动，就会认知到包里东西的真面目，那样的话自己势必会自我崩坏，于是本能地采取了防御行为。

我是如此的无力，无力得不可救药。

"你该毁灭的是……"

"你是个值得引以为傲的孩子。"

"因为你比谁都更像英雄。"

声音在脑海中回响。

那是故乡的声音，正确的人们，对我的变化坦率地感到欢欣鼓舞的父母和亲人。

啊……

啊，原来是这样啊。

只需要交托给他人就好。

反正我也是为了这把枪而被打造出来的。我只要遵从枪的需求来行使力量就好。从一开始就没有必要去思考，从一开始逃避就没有意义。既然如此，我只需要原原本本地去接受就好。

只需要改变就好，变成那个古代英雄，而非现在的我。

"Gray……Rave……Crave……Deprave……"

我轻启双唇，吟诵起歌谣。

歌谣一响起，不仅旁边的橙子，就连旁观的阿特拉姆和拜伦都猛然扭头看了过来。

镰刀一股脑地吞噬着周围的大源（Mana）。

"这样啊，"橙子轻轻颔首，"这就是你隐藏起来的秘密吗？"

"Grave……Me……"

我低着头，从唇间吐出低吟。我的意识已经死绝，许久以前就绝灭了。因此，这并不是我的声音，而是别的——潜藏在我体内的另一个我的声音。

我的故乡制造出来的另一只怪物。

有什么东西颤抖了一下。

"唔，这可不好办了啊。搞不好这家伙会提起兴趣啊。"

橙子拎着包苦笑起来。包缓缓地颤抖起来，仿佛在表明里面的东西就连橙子也无法掌控。

"吱"地一声响。

包自行拉开了一道口子。这可不是妄想，而是发生在现实的一幕。

"苍崎女士。"

阿特拉姆的话中带着一丝颤栗，橙子也不知是对阿特拉姆的话有所反应，还是自言自语："视情况，这附近说不定会被夷为平地。"

情况是视包里东西而定呢，还是……

"Grave……For……You……"

在我和亚德之间，遵循某种契约，魔力开始循环。环境已构筑起来，肌肉和骨骼都在魔力的作用下蜕变，就连曾经的那位英雄拥有的幻想种因子也都被伪造出来。

橙子瞥了眼身旁，说道："喂，你别轻举妄动。"

"这情况能放着不管吗？"

大喊的阿特拉姆的手上多出了一只小壶。魔力与雷电配合，在他指尖上形成一道小规模的压缩闪电——我的身体和枪都将此举判断为敌对行为，便驱使魔力，行动起来。

我张开双唇，念出那如同不祥诅咒的话语。

"圣枪，拔——"

刹那间，响起了另一道声音——

"看这个人（Ecce homo）……"果然，身体停下来了。

但是，在场的所有人都看向了她。

4

　　这个术式由三人所发起，某位魔眼少女正处于三位一体的中枢。

　　"莱妮丝，锁定魔眼。"

　　少女遵照师父的话，用意识将术式收束起来。时钟塔认为她的魔眼之所以容易发热，是因为大脑和魔术回路尚未成熟。也就是说，大脑与魔术回路的处理能力跟不上魔眼，从而引发了过度反应。

　　不过，现在她应该感谢过度反应。

　　因为得益于过度反应，她的魔术精度之高堪称屈指可数。

　　裁缝伊斯洛的每次碰触，都会重新构筑起那人的礼裙。

　　药师马约的每次念诵，都会在那人体内调整各种作用物质在血液中的浓度与神经传递物质，使其脱胎换骨。

　　接着，在那人达到最佳状态的瞬间，少女启动术式，并高声呼唤。

5

"看这个人……"

时间静止了，坐标也失去意义，一切的时空连续体看起来都不再整然紧密。

不光在场的魔术师们的意识，就连栖息在森林中的小动物和昆虫，不，甚至土块、水滴也都受到其精髓的影响。如果说，进化代表着对环境的最佳适应，那么她就是有可能带来世界毁灭的形状与数字的终点。

美之类的辞藻并没有浮现在脑海之中。

我明白人所能使用的残缺语言，在这实实在在的事实面前只不过是虚无。曾受封印指定的某位魔术师曾说过，自己修成了没有任何错误，能不分生物与非生物，让世界本身听见的统一语言，她的美也同样到达了这种连接根源的领域。

已故的黄金公主，此时正伫立在森林的正中央。

6

"……"

"……"

并不是大家一齐变哑巴了。

只是直到刚才还在战斗的驱使下全神贯注、以命相搏的魔术师们，全都被这惊人的一幕所震慑，只能呆呆站在原地而已。

不仅如此——

"亚德……居然……"

我盯着自己的双手。

只见死神之镰非但没显露真正的"枪"之形态，甚至还直接倒退，回到鸟笼似的牢笼中，变回了小匣子。

"连这家伙也缩回去了啊。"

橙子无奈地闭起一只眼睛，她手中的包也闭上了口子。

"刚才那是……怎么回事……"

且不说阿特拉姆准备释放的雷电，就连铺满夜空的乌云也都随风消散。动用数十人发动的天候魔术也如同薄纸被捅破一般，顷刻间便烟消云散。

让应有的东西回归到应有的地方。

当绝对的美出现时，完成度较低与不自然的魔术全都会回归于无。这甚至足以匹敌曾分开大海，让数千人逃离埃及的圣人奇迹。

同时，这也是在重现昨天发生过的事情。

"……"

方才的奇迹只持续了短短几秒钟就结束了。

站在那里的不是已故的黄金公主，而是白银公主。

"原来如此，投影吗？"橙子喃喃自语道。

所谓投影魔术，其实就是在进行魔术仪式时，于短短几分钟内，用魔力将本不可能准备出来的原型（Original）的镜像进行物质化，仅此而已。这种术式需要吞噬大量魔力，难度高且意义不大，所以魔术师们很少关注。

而在此时此刻，却并非如此。

师父从我身旁走上前来，轻轻点了点头，开口说道："好眼力。这个魔术其实就是将晚会上的黄金公主投影到白银公主的脸上而已——而施术者则是我的弟子莱妮丝。"

"哼，构筑术式的是你，准备仪式的则是梅尔阿斯特亚派的两位，我哪有什么功劳好炫耀的啊。"莱妮丝捂着眼睛，扬起嘴角。

马约和伊斯洛就在她身后，两人因为刚协助完成大魔术，所以脸色都很憔悴。一般来说，伊泽路玛穷极一切魔道所打造出来的黄金公主，就算再厉害的魔术师也不可能投影出来。

然而，白银公主和黄金公主本就是双胞胎，又在出生前就接受了同一术式的洗礼，在有白银公主介入的情况下，这种术式也是有可能完成的。当然，若是少了莱尼丝的魔眼和精度极高的魔术，以及常年为姐妹两人收拾内外的马约和伊斯洛的帮助，这一壮举恐怕还是难以实现。

阿特拉姆咬着牙，挑衅似的说道："那又如何，不过是昙花一现的魔术，以为这样就能阻止我们了？"

"别逞强了。"橙子苦笑着摆了摆手，"实现魔术，靠的就是坚信自己能够改变现实世界，而相应的就需要精神高度集中。现在我光是闭上眼睛，那张脸就会不时地浮现在脑海中。感觉在这两三个小时内，我也只能使出开位（Cause）水平的魔术。"

橙子极其坦率地表明了自己的状态。明明说出来可能会招致致命的结果，但从她口中说出来，大家却都毫无抵触，一下子就接受了。

而我……只是感觉身体十分沉重。

"师父……"

就在身体快要向前倒下时，我察觉到有人抱住了我。

带着雪茄味的大衣的触感让我十分安心。

"对不起……虽然我说过希望你能帮忙争取时间，但还是太过勉强了，真的对不起。"师父在我耳边低声道歉，"我也下定决心了，决不会辜负你的所作所为。"

师父一手扶着我，同时看向女子，说道："苍崎女士。"

"嗯，我确实是被惊到了，不过，你又打算怎么做呢？"

"既然被惊到了，那就是还有交涉的余地。"师父干脆地说罢，继续说道，"而且……现在你应该也明白了吧？"

"嗯……"橙子沉默了下来，"我就想，会不会是这么回事。其实你刚才的表演，也算是对我的回答吧？"

"应该正如你所料。"师父点了点头。

我听得一头雾水。不论是师父问的"你应该也明白了吧"的内容，还是橙子表示理解"会不会是这么回事"的理由，我都完全没有头绪。虽然两人用着和我相同的语言，听起来却仿佛是在用只有他们才懂的特殊语言进行交流。

但有一点我看出来了，他们双方达成了某种共识。

"同时，虽说这只不过是我的揣测，但委托人答应给你的报酬——"

"嗯，如果真像你想说的那样，那么报酬就已经失去意义了。或者应该说，我被骗了。不，这种情况下，因为其实也不算是对方撒谎，所以只是我太草率了而已啊。"

橙子无奈地耸了耸肩。她大概是想到了什么，语气听来莫名的兴奋，就连脸上也挂着仿佛让有趣的电影给狠狠骗了一把的表情。

师父将视线移到下一个人身上。

"你就阿特拉姆·加里阿斯塔，没错吧？"

"君主，有何指教啊？"

褐色肌肤的青年嫌麻烦似的回道，从他的语气中完全感受不到对"君主"这一称谓的敬意。

师父毫不在意地继续问道："能把我的弟子还回来吗？"

"啊？你以为你是谁啊？这两个家伙可是奔着我的命来的哦。你以为君主就有权力强迫我原谅这种家伙了吗？"

斯芬落在袭击者手里，昏迷的弗兰特也同样被阿特拉姆的手下包围住。他们当中的大部分人现在都还未从黄金公主投影带来的震撼中缓过神来，但他们还没好对付到会任由别人用武力将人抢走。

"我知道你想要什么。"

"我又没刻意隐瞒……何况，你知道也并不奇怪吧？"青年逞强似的咧嘴说道。

他给人的印象不同于橙子，却同样对师父表现出一种奇妙的感情。他和师父应该是初次见面才对，但两人之间却有种让人感觉不可思议的距离感，既像是在某个细微的点上有共通之处，又像是在相互抗衡。

师父顿了一下，说道："上个月的拍卖会上，伊泽路玛和你曾就某位英灵的圣遗物而展开了争夺。"

我听到这话后，不禁惊讶得屏住了呼吸。

我想起来了，莱尼丝在邀请我前往双貌塔后，对师父说过这么一番话。

"你还没有放弃第五次圣杯战争协会方的名额吧？"

"协会好像还有一个名额，不过这里面可就弥漫着火药味了。据说被选中的魔术师想把名额转卖给新的参与者。"

如果说，新的参与者就是阿特玛拉·加里阿斯塔，那么他想得到圣遗物也就说得通了。所谓的圣杯战争就是在远东举行的大仪式，魔术师们需要召唤英灵来战斗。想要召唤英灵就得有与英灵相关的圣遗物，如果一个英灵与圣剑有渊源，那么那把圣剑的剑鞘就可以成为圣遗物。

"所以……你想说什么？"阿特拉姆有些烦躁地咂了咂舌。

师父则慢条斯理地回答说："如果我的推测没错，你就算威胁拜伦阁下也没用。他应该也不清楚圣遗物现在的下落。"

"什么？"

阿特拉姆瞥了眼靠在树干上，一脸痛苦的拜伦。

拜伦没有回答，也没有否认。

师父继续说道："我倒是能告诉你圣遗物的下落。"

"哈哈，所以你的意思是，要我别伤害你的弟子，而洗耳恭听你那无聊的推理吗？丑话先说在前头，以我现在的战斗力，杀死你和你的弟子简直易如反掌。我现在也可以选择当场逼你说出来。"

"我保证我的推理值得你一听。"面对那毫不掩饰敌意的口吻，师父坦率地点了点头，"而且，如果我的推测是错误的，那么就给你一件比你看上的圣遗物更有价值的宝物以作赔偿吧。"

"啊？"阿特拉姆愣了一下后，笑了起来，"君主，你这是在胡说些什么啊？我很清楚你们埃尔梅罗的家底，你们根本拿不出比那个东西更有价值的宝物。不，难不成……"

当他说到"难不成"的时候，就停下了。

他总算理解了师父这番话的含义，以及之后的可能性。不，不只是他。其中的含义对我来说也是过于沉重。光是想象一下就足以让我陷入绝望，仿佛心脏都要被碾碎。

"师父！"

可是，师父却像没听到我声音似的，转头看向义妹。

"莱尼丝，没问题吧？"

"随便你，至少现在那个东西不属于埃尔梅罗，而是你个人的。"

少女叹了口气说道，她大概已经被刚才的投影耗得筋疲力尽了，脸色看起来十分苍白。

于是，师父继续说道："我以埃尔梅罗的君主之名起誓。"

他顿了一下后，郑重地宣言道："我愿意为刚才的约定赌上自己的圣遗物。"

师父手里的圣遗物——

"难道是第四次圣杯战争的……"阿特拉姆惊得目瞪口呆。

只见师父刻意放慢动作取出雪茄盒，擦起火柴，点燃雪茄，送到嘴边。他做完这一连串有如魔术仪式般的动作后，毅然决然地说道："已完成实战证明（Combat Proven）。我在说，我要赌上曾经召唤出那位大英雄的圣遗物，这也是让我在第四次圣杯战争中幸存下来的理由。"

所有人都沉默了，在这宛如永恒的沉默之中，只有我感到无比恐惧，仿佛喉咙都干涸了。尽管我和师父只相处了短短几个月，但我也能看出，正是第四次圣杯战争的战斗与记忆，才造就了他的人格。同时我也知道，他与他所召唤的英灵共度的时光正是这些记忆与战斗的核心。

褐色肌肤的青年在紫烟与香味之中绽放出灿烂的笑容。

"哎呀，没想到你居然如此看重这些不值钱的弟子啊。"

从他的低语中，我听出了发自内心的叹息，以及奇妙的好意。但我却不清楚，是哪句话让他对师父产生了好感。

阿特拉姆·加里阿斯塔心情大好地捋了捋头发。

"不过，我也还没不识趣到去妄议别人的信念。最重要的是，我无法拒绝你这份想在交涉中付出更高代价的决心。君主·埃尔梅罗二世，我就以最高的敬意，来接受你的请求吧。"

阿特拉姆傲然微笑，仿佛在对好友提出欺诈性的交易。

1

美为何物？

在前往双貌塔前，莱尼丝曾向师父提出过类似的问题。

如果单纯是指人类认识愉悦的形态，那么我想当时的黄金公主应该不属于这一类。那种美远超我们的认知，根本不可能让我们感到愉快或不愉快。其实单纯就是所有感情都从我们自身的容器满溢出来，我们既无法将其留住，也无法去品味。黄金公主再现出来的形态已经到达超凡的领域，甚至让橙子都无法出手，只能无可奈何地苦笑。

或许，那就像是地狱，而不是天国。

如果天国真如教会神父所说的那样，那么它至少应该更为祥和，更加包容人们。而这种让人无法理解、引起冲动、带有破坏性、欲置人于死地的状态，则更像是地狱。虽然魔术师都是一群从一开始就立志背离神明，走向地狱的家伙，但如果要在现世构筑地狱，那就另当别论了。若能制造出这种东西，观念也会随之改变。若能在活着的时候就了解本应在死后才能知晓的概念，那绝大部分的宗教和思想都将失去意义。

怎样活着与怎样死去其实是同义。不论天国还是地狱，其尽头都不过是祈祷与梦想的终点。因为只有在死去以后，才能体会到以人类之躯无法容纳的快乐与痛苦，所以在到达终点之前就好好挣扎吧——其实就是为了如此高呼而存在的设定罢了。为了向那些不会读书写字的人传播这一概念，各种宗教才会大力发展艺术，将天国与地狱描绘得如此活灵活现。成千上万的人把天国与地狱描绘得细致无比，同时又加入注释，说这些描写都距离真实相当遥远，而这样就形成了矛盾。艺术也是如此，即使能描绘出美丽之物，却始终无法到达美本身，艺术与这种矛盾大概也有几分相似吧。

无知的信徒只需透过稍稍打开的窗户去想象就好，想象那最幸福的天国与绝望残酷的地狱。只有在名为大脑的牢笼中，才能做出自由的梦，这项功能正是上天最初赐予人类的罪与罚。

然而……啊，即使在事件落幕之后，我也仍对此抱有疑问——

如果一不小心到达了真实（根源），那么化作地狱的黄金公主，到底又会作何感想呢？

*

"真是精彩的魔法啊。"

我们刚来到月之塔的大厅，就看到君主·巴留埃雷塔——伊诺莱拿着威士忌酒杯，坐在长椅上独酌。既然不清楚师父的交涉能否成功，她就为了到时候无论情况如何都可以应对，于是选择干脆就在月之塔等待。

雅致的吊灯将晶莹的灯光投向魔术师们，师父在灯光下轻轻皱起眉头。

"好歹也是魔术师，别把'魔法'这种词随随便便挂在嘴

边啊。"

"哎呀呀，刚才你所做的就是魔法呀。所谓魔法，可不是魔术这种改变现实的手段，而是将不可能化作可能，在这层意义上足以称为魔法了。"

老妇人转动着皱巴巴的食指，顺势把剩下的琥珀色液体一饮而尽。

桌子发出一声干响，老妇人放下酒杯后，眯起眼睛看向坐在背后沙发上的褐色肌肤青年。

"加里阿斯塔家的小子，你也没想到自己会被人以这种方式哄住吧？"

"关于这点，我不打算否认，我的确是被眼前的利益给吸引住了。不过，我还真没听说过，时钟塔竟然会有君主打这样的荒唐赌，着实给吓到了。"

褐色肤色的青年——阿特拉姆语带挖苦地回答道。

实话说，我也有同感，想不到师父竟然会拿那件圣遗物来打赌。即使已经过去了近两个小时，我心中的震惊也尚未平息。在按照师父和莱尼丝的指示进行各种准备的时候，我依旧双腿发抖，心慌意乱。

"能如此大饱眼福，我也挺满足了。"橙子仍未戴回眼镜，淡淡地微笑道。

师父缓缓看向旁边："白银公主殿下，在投影之后，身体没什么大碍吧？"

白银公主轻轻点头道："嗯……严格来说，我的身体只是媒介而已。"

投影就是通过以太体制造出临时实体的魔术。也可以说，是在白银公主的身体上盖上一层薄薄的面纱似的东西。白银公主与黄金公主越相似，魔术的成功率就越高，但这并不意味着会给白银公主的身体带来任何影响。在这种层面上，应该也符合科学对触媒（Catalyst）的定义。

女仆雷吉娜陪在白银公主身旁，马约和伊斯纳则一脸警惕地盯着师父。

在阻止加里阿斯塔的入侵时，师父与他们目的一致，而一旦事情告一段落，双方的关系自然而然也会回归原样——即黄金公主和女仆的连环杀人案中的侦探与嫌疑人。

"先来听听你有什么话要说吧。"拜伦也开口说道。

他们虽然也很不情愿，但要是贸然否定师父，阿特拉姆等人很可能会再次与他们为敌……基于这个原因，他们只能暂且接受师父的行动。

大厅之中齐聚了与事件相关的所有人——伊诺莱、米克·古拉吉列、阿特拉姆·加里阿斯塔、白银公主、雷吉娜、拜伦、马约、伊斯洛、师父、莱尼丝和我，总共十一人。

弗兰特和斯芬约在一小时前就苏醒过来，现在暂时离开，去给师父跑腿了。

而阿特拉姆从袭击者中选出的几名手下也正在远处盯着。剩下的人都在塔外待命，若塔内生变，恐怕他们会毫不犹豫地冲进来吧。

"那么，君主·埃尔梅罗二世，你刚才不是大放厥词，说等人到齐了，就说出你那引以为豪的推理吗？"

"我可没说是推理，那只是推测。毕竟也没什么道理可言。"

师父还是老样子，仔细地添上这些听似可有可无的解释。不过，他本人大概很看重这些。

他经常提到事关魔术师案件中的铁则——凶手是谁（Whodunit）与如何作案（Howdunit）没有任何意义，能够相信的唯有动机为何（Whydunit），也许他想说的就是这套理论吧。

不过……

我转念一想。

如果事件没能解决，师父可就损失惨重了。在师父看来，虽然埃尔梅罗的权利根本不值一提，但唯独这次提到的圣遗物不同。不，考虑到这次入侵的加里阿斯塔家，此时必须去解决的，可不只是单纯的案件。

师父摆出一如既往的苦涩表情，抬头看了眼天花板，然后将视线落回到双貌塔之主的身上。

"拜伦阁下，之前拜托的事就有劳了。"

"嗯。"

拜伦不情不愿地点点头，打了个响指。

侍从听到信号，搬来一个箱子。拜伦将箱子上的封印魔法阵削去一小块后，水银立马从箱子内滑出，化作女仆的形态。

"特里姆。"

我看到莱尼丝表情松了下来。对她而言，特里姆玛乌是几年来一直与她形影不离的伙伴，就如同亚德于我一样。

"不过，你们要是敢乱来，我就马上把它收回去。"

"嗯，你们就尽管监视吧。你的集中力应该也基本上恢复了吧？"

莱尼丝在对特里姆玛乌从头到脚都进行检查的同时答道。

"现在准备都完成了吧？"阿特拉姆坐在椅子上，悠然地抱臂问道。

在场的人都有着错综复杂的利益与情感纠葛，唯独他是旁观者和侵略者，没有任何可以失去的东西，这份从容也体现在他的笑容上。

"不，还有两人。"师父说完，便扭头看向门口。

伴随着一阵嘈杂的脚步声，大厅的门被推开了。

"到了！"

"抱歉，打扰了。"

"弗兰特，斯芬。"

我看到二人组中的卷毛少年抱着的是什么之后，瞬间屏住了呼吸。

被他小心翼翼地抱在怀中，盖着毛毯的，正是女仆卡里娜的尸体。

"姐姐……"

雷吉娜悲痛的声音在大厅内响起。

斯芬直接将尸体放在地板上，师父走到旁边蹲下。

他拿出放大镜、手电筒等几样工具，开始检查起来。他的这副模样，与其说是魔术师，倒不如说更像警察的刑侦鉴别人员。说起来，夏洛克·福尔摩斯在当时最先进的科学搜查领域内也广为人知，就和他的侦探名声一样——我胡思乱想起来。

作为一名魔术师，师父的这副样子实在太不堪入目，周围

的人都不禁交头接耳地议论起来。但毕竟这也不是头一遭了，于是师父也不去理会他们，而是专心地检查着如同沉眠过去的死者的脸。由于他精神太过集中，甚至都没注意到我已经帮他擦了好几次汗水。

过了一会儿——

"果然。"师父嘀咕道，那声音听起来就像是在喘息，"鼓膜被剥下来了，这是刻意破坏她的听觉的痕迹。如果要做得彻底，自然就会这么干。就像她本人所说，若身处可以用魔术进行辅助的环境，几乎不会造成不便。"

在旁人听来，师父就像是在描述杀害卡里娜的凶手的所作所为。

但我却想起了某个事实——黄金公主来到莱尼丝的房间时，曾坦言自己因为遗传问题而失去了听觉。

裁缝伊斯洛皱起眉头问道："你这是……什么意思？"

"嗯。"师父缓缓站起来，再次轻轻摸了摸胃部，深吸一口气，"我就从结论讲起吧。"

师父在卡里娜的尸首前肃然说道。

"她就是黄金公主。"

大厅内鸦雀无声，沉默就像魔术带来的效果一般——有如一切声音都突然从世上消失了。

2

师父在教室讲课时偶尔也会做出这种举动。

明明他为人非常稳重，甚至用脚踏实地都不足以形容，简直就像脚下生根一样，可偶尔也会说出一些跨度过大的结论，让全班学生听得目瞪口呆。不过，弗兰特在那种情况下也依旧会没正经地打闹，即便斯芬去阻止他，基本上也只会进一步造成悲剧与混乱。但这次情况有些不一样。

自称间谍的米克·古拉吉列张嘴愣了半晌，才问向师父："喂喂，你在说什么啊？"

"就是字面意思。虽然我没有参加伊泽路玛的社交晚会，不过在晚会上亮相的黄金公主就是她。"

谁也没有站出来质疑师父，说："你是不是疯了啊？"

毕竟他的话已经超出让人质疑的范畴了。

的确，她是一直跟随在黄金公主身旁的女仆。可师父到底是经过怎样的思考，才会得出结论，说她就是黄金公主本人呢？

阿特拉姆代表众人问道："用刚才那个，像惊奇箱一样的投影吗？不过，那个也是因为白银公主原本就酷似黄金公主，才能办到的吧？"

他说得没错。

刚才正是基于白银公主这独一无二的触媒，加上莱尼丝、马约、伊斯洛三名魔术师全力合作，才好不容易造出只有短短几秒钟的黄金公主幻象。同样的投影在与黄金公主构造相差甚

远的女仆身上根本不可能实现，而且虽说晚会进行的时间不长，但也绝不止几秒钟。

师父轻轻点了点头。

"方法自然不一样，甚至可以说，我一直没搞懂他们的方法。毕竟，黄金公主完成的时机实在不太好……弗兰特。"

"来了来了，画好了。"

弗兰特用双手举起一幅图。

莱尼丝看到那幅图后，朝特里姆玛乌的手吹了一口气。在注入魔力的气息作用下，水银女仆的右手消失，化作一层薄薄的雾覆盖住四周。很快，吸收了周围光芒的雾便在空中重现出弗兰特画的图。

那是一幅天宫图，就是之前一直让师父烦恼"太阳与月亮怎么对不上？"的天体排布图。一颗颗行星与一条条轨道在空中逐一浮现，然后变作几幅平面图。图上的轨道并不全都与日心说——行星本来的轨道一致。因为说到底，这并不是科学，而是在魔术方面进行观测所需的资料。

"在场的各位，应该都记得现在这个时期的天宫图吧？"师父说完开场白后，继续说道，"阳之塔与月之塔，黄金公主与白银公主，伊泽路玛的术式是彻底依照太阳与月亮的术式而建立的。但是，如果伊泽路玛是使用与加里阿斯塔竞拍得来的咒体才完成黄金公主的话，那么时期就无论如何都对不上了。他们最多也就是在一个月前才得到咒体，而太阳与月亮配合最佳的时期早就过去好几个月了。"

师父指着空中的天宫图上的太阳与月亮。在最初的画面上，两颗星处在相同位置，而在另一画面上则是两星相对。

"最佳的是正午的日食，太阳与月亮处于相同位置形成合日。次佳的是太阳与月亮相对形成冲日，且掌管造型的土星位于一百二十度（三分相）的位置。然而这两种情况都与现在季节的天象不符。"

"你……"拜伦已经出离愤怒，脸色变得青黑。

师父现在的行为等同于在仔细解剖伊泽路玛的术式。然而，拜伦要是贸然抗辩，只怕会自己暴露奥秘。虽说这是为了制止加里阿斯塔的暴行，但是他既然已经认可了师父的发言，现在也就只能忍耐下去，对他而言这无疑就是一种苦行。

"但如果是用别的东西来比拟太阳，那就没问题了。"

"哦，别的东西是指？"阿特拉姆兴致勃勃地探出身子问道。

师父极为周到地解释道："嗯，在魔术上时常会拿别的行星来比拟太阳。尤其是金星，经常被人拿来比拟太阳。想必是因为它是整个天空最明亮的行星吧。基于这个原因，在远东金星也被称为金神，受人敬畏。圣经中也说它是从天堂堕落的路西法，还名作启明星与长庚星。它还是维纳斯之星，若追根溯源，它和美索不达米亚的伊丝塔也有所关联。像这次这样，把金星应用到体现美之精髓的魔术上，可以说是最佳的比拟。"

"君主·埃尔梅罗二世。"一道悦耳的声音喊出师父的名字。

说话的是白银公主。在冰冷的月之塔大厅，她隔着面纱平静地问道："我不清楚咒体和比拟之间有着怎样的关系，但照你所说，我们所看见的迪娅多娜姐姐——黄金公主的尸体又是怎么回事？现在尸体应该还原封不动地留在姐姐的房间中才对。"

伊泽路玛家给黄金公主的尸体施加了最低限度的魔术来防止腐烂和劣化，现在尸体应该还基本保持着原样，这也是保护现场的一环。

遭到质疑的师父冷静地回答说："那当然是真正的黄金公主，但并不是在晚会上登场的黄金公主。"

我不禁也露出疑惑的神色，我感到越来越莫名其妙了。

师父的话语并没有揭开事件的全貌，即便他将线索逐一抛出，我也无法在脑海中完成这幅拼图。

不过，这并不意味着，现场所有人都和我一样迟钝。

"原来如此，原来如此。"

伊诺莱愉快地翘起嘴角，她拿起重新添上威士忌的酒杯，缓缓凑到嘴边。

和师父一样，却又与师父大不相同，她是个名副其实的君主，她露出带着醉意的笑容，仿佛已经大致了解了事件的全貌。

"怪不得她会被大卸八块。不过，如果我站在对方的立场上，应该也会这么做。"

"恐怕正如你所说吧。"师父礼貌地点了点头，继续说道，"真正的黄金公主在社交晚会开始的很久之前就死了。只是尸体一直被保存着，直到晚会之后才丢到房间里。"

"你、你在胡说些什么啊？"拜伦大叫道。

师父则极为冷静地回答道："拜伦阁下，事到如今还有什么好隐瞒的呢？从加里阿斯塔介入的那一刻起，事情就已经瞒不下去了。甚至不用进行科学鉴别，只要让时钟塔的专业魔术师看上一眼，就能明显看出死亡时间对不上。"

"可你又无法当场证明……"张口结舌的拜伦仍不肯罢休，"既然证明不了，就不要用你那无聊的妄想来玷污我们的名誉。"

"既然如此，就请证人作证吧。"

师父说罢，转过身来，用手指向魔术师中的一人——那个在魔术师中最为显眼，叼着香烟，长着暗红色头发的女子。

"哎呀呀，你说我？你葫芦里到底卖的什么药啊？"

橙子饶有兴致地往前一步。

大理石地板发出一声硬响，师父小心翼翼地摸了摸脚下的尸体。

"劳烦看一下她。"

"嗯，照你刚才说的，在晚会上登场的黄金公主其实是她？"橙子确认似的问道。

师父轻轻点头道："嗯，那场晚会的黄金公主就是她。苍崎橙子，也正是你给女仆卡里娜做的整形手术。"

沉默再次降临，或许其实只是我们没能理解这句话的含义罢了。

整形……不论是黄金公主还是白银公主，都经历了数个世代，接受了有如撕裂身心般的施术，才获得了如此美貌。而当这一切都被"整形"一语概括的时候，我们都受到了难以形容的冲击。

"瞧你这话说的。"橙子满心愉悦地微微一笑，"你说我通过整形手术做出了黄金公主？你能这么说，我感觉还挺光荣的，不过很遗憾，我可不记得自己做过这种事情。虽然我确实很健忘，但你的话让我都不得不怀疑，自己是不是得老年痴呆症了。"

橙子用手指敲了敲自己的太阳穴。

师父退后半步，让出尸体前的位置。

"还请先看下尸体。"

"那我就不客气了。"

橙子蹲下来，开始检查尸体脸颊的线条和耳朵背面等地方。

"确实有施术的痕迹，虽然只是最低限度的。如果是通过魔术整形，术式产生的手术痕迹都是间接的。只要准备好治愈魔术，就无需缝线。在普通的日常生活中一般瞧不出端倪。"

橙子无需像师父那样动用工具，她以纤细的手指划过尸体的多处部位。她的动作就像工匠在打磨望远镜之类的光学仪器一样，连一微米误差也不放过。

过了一会儿，她断言道："嗯，真是抱歉，不得不说，这无疑出自我之手。"

众人听到她的发言后一片哗然。

橙子的表情变得更加复杂："但是，为什么我会忘记如此重要的事情呢？"

"你不是忘了，"师父说道，"只是没有去记下来罢了。"

"啊？"橙子皱起眉头，但并不是因为没听明白，反而像是有头绪了的样子。

师父随即看向另一人："马约先生。"

这次他点名的是药师。

"啊，是的，我在。"

"听说你第一次见到莱尼丝她们的时候曾使用过醉药，没错吧？"

在黄金公主与白银公主的亮相晚会上，贵族主义与民主主义的魔术师之间气氛紧张，一触即发，所以马约才利用醉酒插入其中，强行将他们驱散。实际上他是使用了醉药才会露出酩酊大醉的样子。接着在他服用醒酒药之后，立马就恢复了正常。我们也目睹了这一过程。

"啊，是的。"

马约承认后，师父的话便如利刃般斩下。

"那么，你也可以制作出阻碍记忆的药吧？"

即便不是魔术师，普通人也应该有过大醉后失忆的经历。人类在认知某件事物时，会将刚才体会到的经历保存为短期记忆，之后还可以将短期记忆转化为能够保存半日到一个月左右的中期记忆。但酒精类的物质却能让这个过程中的传递物质难以生效，从而阻碍记忆留存于大脑之中。师父在现代魔术科的课程上曾讲过，记忆系统绝不仅仅属于科学，在魔术层面也有着重要的意义。

师父刚才的话的意思是，这是人为发动的术式。

说不定，他们还做出了不仅能阻碍短期记忆转化为中期记忆的药物，还做出了能阻碍中期记忆转化为长期记忆的药物。说不定还可以用关键词之类的，限定不想保留的记忆范围。

橙子大感兴趣地抬起头来："嗯，你的意思是，我在不经意间服下了阻碍记忆的药物？"

"不，我可不认为你会如此大意。但是，假设服用这种药物本身就包含在委托条件当中，根据情况你应该有可能接受。"

"原来如此，那就得看委托的内容有多有趣了。"

女魔术师肯定了师父的话。

她说，得看委托的内容有多有趣——那么，能让时钟塔真正意义上最高位的冠位魔术师都感到有趣的委托，究竟会是什么呢？

师父竖起食指说道："为什么伊泽路玛要委托苍崎橙子进行整形呢？"

接着又竖起中指继续说道："为什么他们要干涉苍崎橙子的记忆呢？"

他把两根竖起来的手指并在一起，像是在忍受非常不合理的事情似的皱起眉头："这些问题其实并不复杂，因为他们只是不想黄金公主已故这个信息外泄。为此无论花费多少代价，都要令黄金公主重生——甚至不惜用伪造这种方法。"

拜伦已经放弃抗辩，阿特拉姆、米克等老练的魔术师都在默默地听师父娓娓道来。

师父从怀中的雪茄盒里取出刚才在路上塞回去的雪茄，用火柴慢慢点燃后，雪茄发出淡淡的红光。

"至于使用的是哪种术式，已经不言而喻了。"

叼在嘴里的雪茄冒着烟，一点点地燃烧着。

师父盯着碳化的烟头，低声说道："恐怕就是这个吧。"

"哈！"

橙子突然笑了起来，她捂着自己的肚子放声大笑，仿佛师父的话滑稽得不行。

"哈哈……哈哈哈！哈哈哈哈哈哈哈哈哈！原来是灰姑娘啊！原来如此，竟然如此简单。"

"嗯，只要想通了，其实就很简单。"师父点头道。

我却完全摸不着头脑。

灰姑娘就是辛德瑞拉。之前师父曾嘀咕过的什么佩罗和巴西耳，不就是作者的名字吗？辛德瑞拉的故事有好几个版本，其中最有名的要数格林兄弟、夏尔·佩罗，以及意大利的巴西耳创作的版本。

不……

灰？

这个词，好像在什么地方听过……

"拜伦·巴留埃雷塔·伊泽路玛，阿特拉姆·加里阿斯塔。"

师父看向这两人，两人都满脸诧异，还不明白橙子大笑的原因。

师父向他们问道："虽然刚才已经说过，不过我还是再问一次吧。关于两位在拍卖会上争夺的咒体，我可以更加详细地讲解一下吗？"

"随便你。"

"如果有必要的话……"

拜伦泰然应之，阿特拉姆则是不耐烦地回道。

师父听到两人的回答后说："两位所争夺的咒体，就是菩提树叶。"

欧洲的菩提树是众所周知的神圣象征，与圣母玛丽亚的信仰，以及众多圣人均有所关联。城镇中心的教会和法院大都种有菩提树，而且它本身还具备药效，所以常被魔术师和炼金术士悄悄拿来使用。

"只是，这里特指的是与某位英灵相关，染上龙血的菩提树叶。"

所有人都僵住了，因为大家都联想到了那个传说。

即使不是魔术师，这位北欧大英雄的事迹，估计也无人不知无人不晓吧。他用宝剑巴尔蒙克击败了恶龙法芙娜，成为了刀枪不入，拥有不死之身的骑士。

他的名字就是齐格飞。

齐格飞登场于优美的《尼伯龙根之歌》，是英雄中的英雄。在他全身被龙血所染的时候，因为背上有一片菩提树叶，所以他的不死之身才出现了一处死穴。刚才师父所说的咒体，正是这个传说中的至宝。

"等下。"

阿特拉姆突然站了起来，他的声音中透着一丝凝重。看来他已经顺着师父的话，找到了被掩藏起来的真相。

"怎么？咒体的事情，果然不方便说吗？"

"不是，刚才不是有提到灰姑娘吗？难道说……"

"嗯，既然这片菩提树叶染上了龙血，想必一般手段也无法将其摧毁。但有一位魔术师却刻意用不寻常的手段，把这片菩提树叶烧成只能使用一次的灰。"

这次的沉默性质完全不同于之前。

这种行为已经接近于，将贵重的宝贵敲碎的野蛮行径。下手的人绝对清楚咒体的价值——正是这位专家中的权威人士，主动将这件堪称世界级瑰宝的咒体给烧毁了。

阿特拉姆露出窒息似的表情瞪向橙子，不仅是他——硬物相碰的声音在大厅内回响，拜伦茫然地瞪大双眼，连手杖也失手掉落在地。

"怎、怎么会……苍崎女士，再怎么说你也不能这样……"

如果说阿特拉姆是一脸窒息的表情，那拜伦就是满脸哀求之色。艺术家看到自己奉献一生的艺术品在眼前被打碎时，大概就是这种表情吧。

"哎呀，如果是我的话确实做得出来。"橙子满不在乎地回道，"这样啊，利用染上龙血的菩提树叶进行灰姑娘（辛德瑞拉）的术式啊，这简直就是最佳搭配。齐格飞的故事与其说是人获得了不死之身，倒不如说更像是人蜕变成不死的英雄。至于灰姑娘，就更是如此了。化妆与装饰原本也是魔术。在迈向整形手术的阶段中，承载了人向英雄蜕变的菩提树叶简直就是完美的咒体。为什么我会想不起来呢？我都想切开自己的脑袋一探究竟了。"

橙子说到这里，似乎还意犹未尽，捂着嘴笑得花枝乱颤。

其他魔术师——就连莱尼丝和弗兰特也都是一脸茫然。虽然他们几个作为魔术师确实与众不同，但橙子的行为对他们来说，也的确过于惊世骇俗了。我和正式的魔术师相比，可说是个门外汉，却也难逃冲击。就像自出生就强行塞给我的匣子一样，我们都受过去束缚，从小就被告之，盲目服从于过去，才是天经地义的事情。

师父像往常一样叼着雪茄吞云吐雾。

原来他早就预料到这个答案了啊，还是说……其实另有原因呢？

"为什么？"拜伦重重地咽了口唾沫，回头看向橙子，"苍崎女士！为什么？就是因为你要求拿它来作报酬我才买下来的！可你为什么要把它用在我的委托上？这实在太过分了！"

"啊，原来是这么回事。还真是感谢你的厚礼。"橙子面对拜伦沉痛的质问，只是悠然地耸了耸肩，"虽然我不记得了，但如果君主的推测无误，那当时我的想法就显而易见了。我接受了有趣的委托，但雇主准备的资金和材料明显会拉低成品的档次。所以我就用自己的报酬，做出让自己满意的成品。你看，这非常合理吧？"

"你——可是，谁也没要求你把工作（东西）完成到那种程度啊。我从一开始就说，只要能瞒过那天晚上就够了！"

"哎呀，你还是死心吧。你看，我的性格就是这样。"

苍崎橙子露出发自内心的灿烂笑容，向拜伦道歉。

除去苦笑的君主·巴留埃雷塔，在场的人都哑口无言了。

作为魔术师来说，她的话没有任何问题。

没有魔术师能够否定她的这份意志，即进一步涉足魔术深渊。即便如此，她的所作所为也仅仅是没有错，大概也没有几个人会做出这种野蛮的行径吧。至少毫无疑问，身处大厅的这群魔术师都把她视为不可理喻的怪物。

现场另一位没受到冲击的魔术师再次开口——

"由此，刚才所说的比拟也就成立了。"师父补充道。

他刚才说过，用金星来比拟太阳。

然而，那可并不像文字游戏那么简单。这个比拟可是消耗掉了极为贵重的咒体，经由冠位魔术师亲自施术才得以完成的大仪式。

"使黄金公主变美的术式确实与天体运行的时期不合,但如果是将其他女人改造为黄金公主——用金星来比拟太阳的术式的话,魔术倒是可以完成。如果是太阳与月亮,二者就得相对形成冲日,掌管造型的土星也必须位于一百二十度(三分相)的位置上。然而,如果是用金星来比拟太阳,情况就不同了。说是比拟,但金星依旧只是一颗行星。换言之,只要月亮、金星与土星各位于一百二十度(三分相)的位置就行了。"

师父挥动手指和雪茄,莱尼丝跟着动手,浮在空中的天体图也随即旋转起来。

刚才所见的天宫图中有几颗星星的位置变动了。

有几位魔术师看到这幅天宫图后,忍不住失声惊呼。

月亮、金星与土星正好处在师父所说的一百二十度(三分相)的位置上。

"实际的时期大概是在一个月之前,与伊泽路玛在拍卖会上拍下咒体的时间一致。"师父肃然说道。

顺序应该是反过来的吧。正因为是这个时期,接受委托的橙子才会提出要菩提树叶这个咒体作为报酬。对于魔术师们而言,闪烁于空中的天宫图就是支撑师父的结论的最大证据。

"喂喂,那位黄金公主真的就是这个女仆啊……"

米克呻吟一声,目不转睛地盯着躺在大厅地板上的卡里娜。接着,他又向师父提出新的疑问。

"在黄金公主亮相时,为什么卡里娜也在?而且,在发现黄金公主尸体的时候也——"

"晚会上介绍黄金公主与白银公主的时候，她们出现的露台与宾客隔着一段距离，随便拿个人造人（Homunculus）或人偶代替就完事了。就算不用魔术，找个体格相似的女仆穿上同样的衣服也不会有什么大问题。亮相时如果只有一位女仆难免会让人感觉奇怪，所以拜伦阁下自然也在这上面做足了功夫。"

我想起和莱尼丝一同前往双貌塔时发生的事情。

当时马车的车夫在到达后便溶化了，虽然我不知道那到底是人造生命，还是别的什么魔术，但凭这项技术要在远处模仿一位女仆，想必是轻而易举的事情。

"至于发现黄金公主尸体时就更简单了。这种术式的效果本来就不持久，毕竟是灰姑娘嘛。"

在故事中，灰姑娘身上的魔术在当晚就解除了。过了十二点，魔术就会解除，只剩下一只玻璃鞋——故事细节会因作者或地区而异，但基本流程还是不变的。

"不管作者是佩罗、巴西耳，还是格林兄弟，故事的结局都一样——主角身上的魔术在晚会结束后就会解除。恐怕在将黄金公主肢解，给房间挂上魔术锁后，苍崎橙子的术式也随之解除了。啊，至于是冠位魔术师进行的整形手术连魔术波长也能彻底模仿，还是他们把房间的锁替换成了卡里娜用的，事到如今都已经无所谓了。"

"魔术……解除……"

我回想起某个事实——在晚会上，黄金公主美得只要看上一眼就让人忘记呼吸，忘掉一切。可是之后她来访时，虽然我和莱尼丝依旧觉得她美艳得不可方物，却还是能正常地应对。

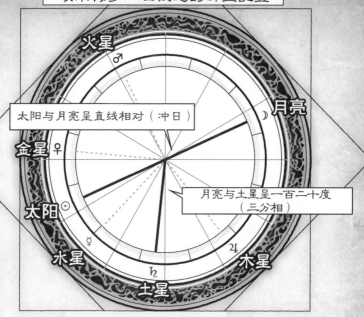

埃尔梅罗二世设想的群星配置

火星 ♂

月亮 ☽

太阳与月亮呈直线相对（冲日）

金星 ♀

月亮与土星呈一百二十度（三分相）

太阳 ☉

水星 ☿

木星 ♃

土星 ♄

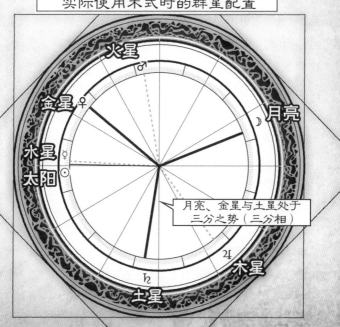

实际使用术式时的群星配置

火星 ♂

金星 ♀

月亮 ☽

水星 ☿

太阳 ☉

月亮、金星与土星处于三分之势（三分相）

木星 ♃

土星 ♄

我还以为是因为第二次见到，所以自己对她已经习惯一些了，但如果真相并非如此呢？如果是因为变成黄金公主的女仆——卡里娜身上的魔术已经快要解除了呢？

不，不仅如此。那时候，卡里娜应该也跟在黄金公主身边。如此看来，她其实并非卡里娜，而是双胞胎中的雷吉娜——

我们怎么会……

我们怎么会忽视掉如此多的细节啊？我们本应该能做到更多的事情，不用傻傻地等着师父赶来。

莱尼丝大概也有同样的想法，她紧紧咬着娇俏的樱唇。

"我可以问个问题吗？"伊诺莱在拼命摇头的拜伦旁边，举起了威士忌酒杯，"整形的目的说到底也只是为了模仿黄金公主吧？但我这笨蛋弟子整出来的假黄金公主却比真黄金公主层次更高，这又是为什么呢？是因为我这个笨蛋弟子的技术？还是因为所用的咒体呢？"

"我想二者皆有吧。"师父认可了伊诺莱的部分发言，"不过，还有更重要的原因。您应该十分清楚美之于魔术上的效用吧？即欣赏美的事物，会使自己也变美。"

我从莱尼丝那里也听说过这句话。

美术是一种共鸣咒术，观察者通过鉴赏美术会感觉自己的灵魂或灵性得到净化，这种感觉才是美的真实面貌。如果存在终极之美，那或许会将观察者自身也拉升到更高层次。

"这是美之于魔术的一部分。黄金公主与白银公主的美应该是被设计成可以相互补充，相互提高的吧。也可以说是一种相辅相成的美——但黄金公主却无法直视自己的脸，白银公主也同样如此。在个这阶段，即便只是照镜子，也会损伤她们的美。"

师父的话语就如同雪茄冒出的烟一样，缓缓飘荡在大厅之中。

"所以啊，如果要用这个术式，那么到了一定的阶段，就必须要有第三个人。"

"啊……"

拜伦呻吟一声，跟跟跄跄地倒退一步。

是了，黄金公主也曾说过。

"但现在父亲的做法效率实在太低。不，应该说父亲的做法已经过了高效的阶段。"

加入她所说的话不是捏造的，而是在诉说事实，这就说明——伊泽路玛的魔术本身就存在缺陷。如果这是他们停滞不前的理由，那师父能看穿到这种程度就一点也不奇怪了。

"毕竟，这正是师父……"

看穿他人的术式，指出其应有的姿态——使君主·埃尔梅罗二世得以成为时钟塔第一讲师的，正是这种能力。

"哼哼……"斯芬得意地哼了两声。

我感觉好像听到他正在自豪地说："怎么样？我的老师很厉害吧？"

"当然，在决定对卡里娜小姐进行整形时，拜伦阁下应该还没有这种想法。他只是因为突然失去黄金公主而焦虑，所以才为了填补这个缺口而不择手段。"

师父脸上依旧挂着不悦的表情，似乎对他而言，不得不这样来进行解释，本身就是一件无比痛苦的事情。

"即便如此，术式还是靠着第三人的加入完成了。女仆卡里娜原本就从小一直看着黄金公主与白银公主长大，她也得到了同样的美，如此一来，就使术式提升到了更高层次。"

三位一体——在基督教中，这个概念是指上帝、圣子与圣灵一体。同时，它的含义又不止如此。在平面上将三个或以上的点连起来，才能得到图形。

如果象征具有两个面，就能成对并保持稳定；如果象征具有三个面，就会相互影响，在某种意义上使能量得以循环。

黄金公主与白银公主是成对保持稳定的术式，而自从能与这两人匹敌——长期观察这两人导致身体内部逐渐发生变化的卡里娜加入之后，术式也被迫产生了决定性的变化。

或者也可以说，原来的黄金公主离世也推动了这一进程。

原本稳定的术式出现缺陷，在倾斜的同时产生出庞大的能量。和位能一样，这种倾斜也会给魔术带来影响，化作黄金公主的卡里娜获得了超越原本的黄金公主的美，甚至足以压倒冠位的苍崎橙子。

"请等一下，老师。"斯芬举手说道。

他意气风发，仿佛把这里当成了时钟塔的教室。

"如果按照您刚才所说，那么在新黄金公主诞生的时候，应该也会使白银公主到达终极之美吧？"

"这很简单。"师父挪动视线，看向白银公主问道，"艾斯黛拉小姐，你的眼睛应该失明了吧？"

"为什么……你会知道？"白银公主的声音低沉地响起。

"听说黄金公主失去了听觉。恐怕是通过关闭五感之一来磨练魔术吧，这也是常见的做法。伊泽路玛的术式，完成度已经高到能将关闭五感之一写入基因之中了。以至于苍崎橙子在进行整形手术时，也模仿这种情况，夺走了卡里娜的鼓膜。嗯，黄金公主的房间之所以没有镜子，估计也是为了配合你的房间吧。毕竟，在饮食、睡眠等生活的诸多方面，你们都必须成双成对，镜子的有无之于魔术的意义实在是太过重大了。既然要相互配合，当然是没有比有更为简单。"

师父拿下雪茄。我听到了咬牙切齿的声音。

止步不前——令人窒息（注："止步不前"与"令人窒息"的日语发音相同）的魔术现状，对魔术师来说却是理所当然的事情。尽管让人呼吸困难，但因为无处可逃，所以也无法后悔。

即使如此，对于我的师父来说，也一定无法忍受这种现状吧。即便他身为仅有十二人的君主之一，也肯定至今都无法适应这种生存方式吧。

"当然，依靠魔术应该不会对日常生活造成影响。方法有很多，例如利用像蝙蝠那样的声波测量的魔术……但本质上白银公主无疑还是看不见的。所以她无法像黄金公主一样加入美的循环。"

白银公主看不到整形成黄金公主的卡里娜，既然看不见，魔术的循环就无法将她纳入其中。

"只是……我想施术的苍崎女士应该不会预料不到这个结果吧。"

"嗯，虽然不记得了，但应该有想象过吧？"被点名的橙子轻轻眯起眼睛，"对了，委托我除掉埃尔梅罗教室的人就是这位雷吉娜。"

橙子用手指指向女仆，而女仆却一点也不惊慌。

大概在师父展开推理的阶段，她就已经做好心理准备了吧。她将双手叠放在围裙前，毅然地目视前方。

"你提出的报酬，就是告诉我黄金公主美貌的真相。哎呀，原来是这么回事啊。嗯，你的确没有撒谎，你确实能告诉我真相，只是你没有说真相其实是我一手制造出来的而已。但如此一来，我也就没有义务隐瞒委托人的身份了。"橙子好似理所当然地点头说道。

此时全有人的视线都集中到了雷吉娜身上。

"那你——"莱尼丝开口说道，"你就是将杀害黄金公主的罪名嫁祸到我身上的罪魁祸首？"

3

"……"

女仆面对莱尼丝的质问，没有做出任何反驳，就连站在她旁边的白银公主也闭口不言。拜伦无力地眨着被皱纹包围的双眼，也不知道他是没有预料到会发生这种事情呢，还是因为早已经被刚才咒体的事情耗得筋疲力尽了。

"怎么了？"莱尼丝再次问道，"和黄金公主一起来我房间的卡里娜应该也是你假扮的吧？反驳也好，破罐子破摔也罢，你好歹说句话呀。啊，要不让你主人代为回答也无妨。"

在莱尼丝不依不饶的质问下，雷吉娜仍然面不改色，凛然而立。

阿特拉姆突然冷笑一声："聪明如君主·埃尔梅罗二世，应该早已推测出来了吧？"

"你这是要我把一切都说出来吗？"

"当然，放话说要接手案件的人不就是你吗？既然如此，刨根问底难道不是侦探的义务吗？"阿特拉姆·加里阿斯塔咄咄逼人地说道。

看来，看上的咒体没了，似乎让他感到非常屈辱。

师父听到这故意找茬的话后，皱起了眉头。

他一个劲地抽着烟，仿佛将事件公之于众是对他的惩罚。他在浓烈的雪茄烟雾的包围下，缓缓说道："我推测真正的黄金公主死于研究的副作用，因为伊泽路玛的术式已经进入止步不前的阶段，开始侵蚀实验对象的遗传因子了，而此时再强行推进研究，出现死亡可以说是必然的结果。"

正如黄金公主所言，伊泽路玛的术式已经出现破绽。其结果就是死亡，事到如今，这已经不值得惊讶了。

"然而，拜伦阁下却没有在此止步。他想，至少要撑到那场亮相晚会结束。虽然黄金公主迪娅多娜死了，但他马上又找来了苍崎橙子。然后整形为黄金公主的卡里娜获得了超乎想象的成功。这一结果必然也使白银公主及侍奉她的雷吉娜更加巩固了决心。"

"也就是说……白银公主……也总有一天会死掉？"裁缝伊斯洛结结巴巴地问道。

师父闻言摇了摇头："不，还有比这更为迫切的问题。在那场晚会上，很多魔术师应该都在想，说不定她们已经能够抵达根源了。如果这种猜想传到魔术协会耳中，又会怎样呢？"

"啊……"我不由得失声惊呼，毕竟最近才听到过类似的话。

橙子露出淡淡的苦笑，嘀咕道："封印指定啊……"

这是技术被认定为"前无古人后无来者，独此一代"的魔术师的结局。

封印指定的对象将会被活生生地保存起来。这是魔术师的最高荣誉，因此拜伦不可能为此烦恼，艾斯黛拉也就无法拒绝。

"严格来说，黄金公主与白银公主并不是魔术师，或许不会受到封印指定。再说，伊泽路玛的研究也非独此一代。但时钟塔肯定不会对可能抵达根源的事物不管不问。"

"因此，才必须在逃亡前暴露黄金公主的尸体。嗯，如此看来……白银公主和女仆是打算在尸体暴露后再逃跑的吧。"橙子颔首道。

她们必须告之时钟塔，抵达根源的可能性已经不复存在。她们必须赶在晚会的议论蔓延开来，引得时钟塔前来验证之前，将伊泽路玛的研究遭受挫折之事公开。

"恐怕，她们陷害莱尼丝也是出于同样的理由吧。要是能够将其他派别——最好是敌对的贵族主义派有名的魔术师卷入其中，这样一来仅凭伊泽路玛或巴留埃雷塔就无法彻底隐瞒事件了。在这一点上，莱尼丝可谓是无可挑剔的人选。"

"也不知是多亏了谁，我才会在时钟塔那么有名。"

莱尼丝向师父投以挖苦的视线。虽然她也经常找师父的茬，但性质却和阿特拉姆大不相同。

接着，她又对师父说道："换言之，黄金公主想逃亡也并不完全是在骗我？"

"恐怕她们是真的有这么想过。只是她们无法相信莱尼丝，不敢在这上面赌一把。"

这也难怪，毕竟将自己的命运交托给素不相识的魔术师简直就是疯子的行为。在黄金公主提出这件事情的时候，莱尼丝自身也对此表示怀疑。既然不能期待魔术师的伦理与常识，那黄金公主就算有这种想法，也绝对不会付诸行动。

结果，她非但没有舍弃这种想法，还利用它来迂回地暴露尸体。

而我和莱尼丝则成了诱饵，目的就是让众人见证黄金公主的尸体。

　　"说到底，拜伦阁下自看到黄金公主尸体的时刻起，就应该明白那就是真正的黄金公主了。毕竟，把真正的黄金公主解剖得四分五裂的人正是你自己。啊，至于解剖的理由，就没必要再多做解释了吧？为今后的研究而进行尸检，收集所有资料，是魔术师理所当然的行为。"

　　拜伦依旧沉默不语。

　　事到如今，周围的魔术师也并不打算去指责他，毕竟他们也无疑都是受过魔术师的伦理与常识熏陶的人。

　　"在此基础上，拜伦阁下大概也在疑惑犯人是谁。在那个阶段，各种可能性都有，毕竟在巴留埃雷塔派中应该也存在勾心斗角。至少在他眼中，所有人都有作案动机。"

　　派别斗争——即使在同一派别中，魔术师们也会相互倾扎。

　　师父和莱尼丝从很久以前就一直在这样的世界中战斗。

　　"不过，第二起案件的性质就不一样了。"

　　师父突然语气一变。

　　"师父？"

　　"第一起案件说白了就是暴露黄金公主之死的骗局，本来白银公主她们必须趁这个混乱的时机逃走才是。卡里娜之死显得完全没有必要。"

　　"这是什么意思？"

　　"也就是说，的确发生了杀人案件。其中一起案件是由于拜伦阁下的过失导致的，也就是真正的黄金公主的横死。至于另一起案件，杀害卡里娜的人——"

　　师父说到这，突然停了下来。

大厅寂静得连吞口水的声音听起来都是那么响亮。

雷吉娜和白银公主的脸上终于泛起些许波澜。

"就是你。"

师父的手指动了，他所指的方向上只有一个人。

中立主义派传承科（Brishisan）的那位脸色苍白的青年——

药师马约·布里希桑·克莱涅尔斯惊讶得瞪大了双眼。

4

马约站在大厅中央，只是茫然地摇着头。

他一屁股坐倒在地，拼命摇着头向后倒退，远离师父。

"怎、怎么会……我、我……"

"需要我说得更详细一点吗？"师父冷静地问道。

不知为何，他的声音听起来似乎带有一丝自责。

"弗兰特。"

"在！"

天真无邪的少年像是等候已久，刷地举起手来，接着他拿出一套衣服和一个包裹。

"果真如教授所言，东西就藏在泉水附近！"

那是黄金公主的衣服和旅行包。

看到这两样东西，我也隐约明白了。估计在魔术解除后，卡里娜就在那口泉水附近更换衣服，并把为逃亡而准备的东西藏在了那里。

"在许多版本的齐格飞传说中，齐格飞都是在泉水边洗净了龙血才迎来死亡的。其中应该有着魔术层面的意义吧……嗯，这并不是什么难懂的事。我之前就在想，十有八九就是这样，但直到刚才我才确信你就是凶手。"

师父说过，凶手是谁（Whodunit）没有意义。他还说，如何作案（Howdunit）也没有意义。

因为在魔术师相关的案件中，这二者隐藏起来都非常容易。

魔术师可以自由地使用各种奇谋诡计，不论是穿墙还是制造密室都随心所欲，一个诅咒就足以成为凶器。但只有动机为何（Whydunit）这点是例外。

"毕竟雷吉娜和白银公主会包庇的人，应该就只有你和伊斯洛先生了。"师父平静地说道。

白银公主和雷吉娜听到师父的话后，终于产生了动摇。

"而凶手不是伊斯洛的理由就在于特里姆玛乌。若是冠位的苍崎橙子或君主·巴留埃雷塔，或许能令特里姆玛乌停止运作。阿特拉姆·加里阿斯塔说不定也行。"

"说不定是多余的。"阿特拉姆咂了咂舌。

不过，从他没有再多做反驳就能看出，对于能否干涉眼前这化作水银女仆与天宫图的魔术礼装，他自己也缺少信心。

"而你们两人，则过于偏重裁缝和药师的能力了。且不说击退特里姆玛乌，想让特里姆玛乌停止就必须看破其内部的魔术式构成。嗯，我的弟子弗兰特倒是很擅长这类魔术，但对于普通的魔术师来说还是相当困难的，至少不是我这种魔术师能办到的。而你的情况，也许只是偶然，但你在社交晚会上对特里姆玛乌的精心调查则立功了。从这点来说，我的义妹在那场社交晚会上也疏忽大意了。"

"在敌人地盘一时紧张而已，哥哥你就放过我吧。"

师父无视莱尼丝的抗议，继续说道："而且，把血弄到特里姆玛乌手上也实在是多此一举，其实根本没必要这么做。反正以莱尼丝在双貌塔的处境，肯定会被逼进绝路。你这样做，只会引人怀疑，觉得黄金公主的案件与卡里娜的案件不是同一凶手所为。"

"那，真的……"伊斯洛呻吟着回过头来。

他看发小的眼神就像在看一头披着人皮的怪物。

这次药师没有否认，他瘫坐在地上笑了起来。他没有再颤抖，嘴角如新月般翘起，安静地笑着。

"可是……"马约终于挤出话来，"可是……我为什么不能那样做？"

他的声音十分空洞地在大厅内回响。

我们根本不用去怀疑自己的耳朵。因为马约的眼中充斥着比获得天启的圣人更加坚定的确信，他只是在纯粹地倾诉自己的想法。

不，不对。我也确实能理解他所说的话。

"我……我从很久以前就认识她了。明明我从很久以前就认识她了……明明我比任何人都要了解她，可我却不认识那样的她！"

她指的到底是谁呢？是原本的黄金公主迪娅多娜呢？还是跟随黄金公主的女仆卡里娜呢？或者说……

"所……所以，我想至少收集一下她生前的余香，哪……哪怕只有一点点也好。"

多半是莱尼丝察觉到动静，和特里姆玛乌一同追踪脚印前发生的事情吧。

马约恐怕也和我们一样，想彻底查清杀害黄金公主的凶手，又或许他压根就没有搜寻真凶的意识。也许正如他所言，他只是想尽可能地收集她生前的余香而已。如果是能够"强化"感觉的魔术师，要像特里姆玛乌那样追踪脚印并不是什么难事。

然后，马约在泉水边碰到卡里娜时，卡里娜估计正在做出逃的准备。

"在追问之……后，我大吃一惊。卡里娜说……她、她就是黄金公主。我、我一开始……还难以置信。但、但你们……知道……我那时有多高兴吗？因为……因为！就、就算迪娅多娜死了，可是黄金公主……还没有死！那份美丽……依旧……毫发无损！"

马约大喊道，他对自己的口吃毫不在意，只是一个劲地喊出内心的想法。灰姑娘术式带来了奇迹，他为之倾倒，就如同传颂伟大福音的传道士。

"可、可是，她竟然说要逃走！想、想从拜伦阁下手下逃走，带着白银公主和雷吉娜逃出双貌塔，所以……让我也来帮忙。"

在卡里娜看来，马约是可靠的青梅竹马。她大概是想着即使真相败露，马约也会帮忙，所以才坦白的吧。然而，她和马约的想法并不一致。不，甚至说，两人想法的方向（Vector）其实正好相反——

"这、这种事情……根本不可原谅吧？她即便是死……也该取回那份美丽！哪、哪怕杀掉她，我也必须将她留下！白银公主的……研究也应该继续！因为……我、我们已经看到终点了！我们已经……尝到成果了……所以应该……继续往前！身为……魔术师，就应该这样做！"

没错，正如他所说，他说的话一点都没错。

个人性命与自由在那样的美面前，难道不是与尘埃无异吗？

若能重现那份美，哪怕需要奉上数十上百条性命，不也应该甘之如饴吗？

所以，我也该成为那位英雄，接受改变的自己，让故乡的人们高兴起来。

不，从现在开始改变也不迟，亚德还在我的身边。

"喂——喂！振作点啊，格雷！"

从右手上传来的匣子的声音听起来是如此的遥远。

为什么我要迷茫呢？我应该抓住的就是他的手，必须承认自己错误的人正是我……倘若必须跪在地上忏悔，那就是此时。

然而，黑色西装的背影却突然从旁边插入。

"你说得没错……"开口的是师父，"作为魔术师，你所说的一点都没错。"

"君主·埃尔梅罗二世……"伊诺莱喃喃道。

我看到她将满是皱纹的手悄悄伸入怀中。

师父毫不在意地继续说道："你即便是牺牲青梅竹马，也要达成心愿，作为魔术师来说，这是理所当然的做法。"

在大厅的暗处，马约眼中出现动摇之色。他的笑容中透着天真的残酷，就如同看到救赎之路的迷途羔羊。

"既……既……既然如此！"

"但是——既然如此，你为什么不求她为你而死？"师父直白且尖锐地说道。

周围的魔术师也都一同睁大双眼，怕是在想："这家伙到底在胡说什么？"

"你……说什么？"

"在不惜杀死青梅竹马也要留下她之前，你为什么不对她说'请为我而死'？为什么不恳求她，为你那想再看一眼终极之美的任性，让你将她大卸八块？为什么你不敢自豪地表示，如果说那是未竟的梦想，那么你希望白银公主和雷吉娜，甚至所有人都成为活祭品呢？"

马约听到师父的话后，惊讶得嘴巴一张一合。

"哪……哪……哪有如此荒唐……"

"你想说，哪有如此荒唐的请求？就凭这种程度？"与话语中的"荒唐"正好相反，师父严肃无比地痛斥道。

就连我那浑浑噩噩的意识也被他殷切的话语叫醒。

不知为何，我闻到了一股铁的味道。

黑色西装穿在他那修长的身上，此时看来就像是坚固的铠甲，肆意飘荡的烟雾就像白银之枪。在我看来，师父仿佛正身处失落的彼岸国度向众人发问。

"既不是仅仅出于个人的欲望，就不顾天意与大义去蹂躏万国；也不是为了想亲眼看看尽头之海的区区妄想，就去掠尽一众军神、诸侯的荣誉与骄傲，逼迫他们一同踏上征途。你连这种程度的妄想都无法让她们相信，还想实现自己的梦想？"

即使处于此情此景之下，师父的声音之中依旧蕴含着不可动摇的信念。

仿佛他真的曾目睹过世界的尽头。即便那并非现实，只是某人在不知何时看到过的心象景色，但那深深扎根的梦想却不容任何人嘲笑。

"不管是不是魔术师，对人来说自我都是绝对的。不论是行

善还是作恶，不论是真的能拯救他人，还是会伤害他人，这些都不重要。但只要是自己找到的生存之道，不论是误判也好，误解也罢，都应该为之自豪。如果是为自己而战，至少要坚信自己是正确的，并感染他人——啊，说到底，在开始这场荒唐的搜寻犯人的游戏之前，你就应该堂堂正正地宣告说：'是我为了不让卡里娜逃跑而杀了她。'"

正因为你没有这样做，所以你才会输。正因为你没有这样做，你才会瘫倒在地上。

师父话中的深意深深地感染了我。他绝不认为那些伦理就是美好的。正如常人有常人的伦理与常识，魔术师也有魔术师的伦理与常识，这二者都共存于他的心中。

或许这是理所当然的吧。所谓魔术，其实既是历史，也是思想。师父能够迅速解析众多魔术，也就是说他比谁都更了解魔术师的思想体系。

所以他才会是君主（Lord）。即使没有魔术的才能与血统，他也依然是称雄于时钟塔的十二王者之一。

他对茫然地抬着头的马约说道："而你的行为，只是单纯地体现出你的卑鄙罢了。"

马约被定罪了，我仿佛听到断头台铡刀落下的声音。

师父在被沉默包围的月之塔大厅内抽着雪茄，同时将视线缓缓移向旁边。

"为什么要包庇他？"

白银公主的表情隐藏在面纱之下，依旧无法看清。

但这次她终于开口了："其实那天晚上我们本该和卡里娜会

合，一起逃亡的……如果马约没有杀掉她的话。"

"明明如此，那你又是为何呢？"

"您应该明白的吧？至少您是知道理由的——雷吉娜。"

"是的，"雷吉娜接在动听的声音后应道，"我和姐姐是双胞胎，能在某种程度上互相传递感情与想法。"

这种情况在魔术师当中十分常见。哪怕在都市传说中，双胞胎之间具有心灵感应的故事也随处可见。

"当时，卡里娜死前的意识传了过来……她对我说——救救马约。"

"从小，马约的眼里就只有迪娅多娜姐姐。而同样，卡里娜的眼里也只有马约。"

该如何来形容这种关系呢？

爱吗？不过，马约看到的大概只有迪娅多娜的美吧。因此，他在听到卡里娜要整形时，才会天真地为黄金公主即将重生而感到高兴。

即便如此，卡里娜也依旧爱着他。

我实在不懂。

不……这其实是谎言。

我其实很清楚。因为，我无论如何都无法去痛恨故乡的人们，纵使他们一心只希望我成为过去的那位英雄。我想，如果自己一直待在故乡，或许终有一天会屈服于他们的喜悦。

"所以，我们决定包庇马约。仅此而已。"

"看来，只要马约去求她，搞不好她真的会为马约而死呢。"橙子喃喃自语道，仿佛心情终于拨云见日了一般。

5

"我还想请教一下君主·巴留埃雷塔，"师父低声说道，"且不说整形一事，关于伊泽路玛的异变，你应该也是知道的。至少，你应该清楚晚会上登场的黄金公主是假冒的吧？"

"哎呀……"伊诺莱轻轻耸了耸肩，她环顾四周，大概是觉得无法蒙混过关，才叹了口气，"其实，我也猜到大概是这么回事。虽然伊泽路玛家的研究做得还不错，但想取得成果还得再多积累几代。结果却突然传来消息说，他们的研究突飞猛进，取得了成果，甚至连我这笨蛋弟子也都露面了。"

"所以你才放任阿特拉姆·加里阿斯塔胡作非为，想借他们之手揪出伊泽路玛家的狐狸尾巴。"

"差不多。"老妇人一脸无奈地承认道。

在她看来，阿特拉姆主动前来接触，可说正中了她的下怀。

令她觉得必须调查伊泽路玛内情的，到底是那场晚会呢，还是那场成为话题的地下拍卖会呢？或者说，其实是更早之前的事情？她将米克·古拉吉列收作手下，大概也是出于同样的理由吧。

"我也有一个问题。"这次是苍崎橙子，她盯着老妇人问道，"我很早之前就想问了，在我受到封印指定时，伊诺莱老师有何感想？"

"我觉得很正确，毕竟你是现代最适合封印指定的魔术师之一。在时钟塔征求周围人意见时，我也大力推荐了你。我说一定要将Tohko Aozaki及其魔术回路永远保存在秘仪裁示局的最深处。"

老妇人干脆利落地回答道，干脆得连旁听的我都忍不住发出呻吟。

这就是君主·巴留埃雷塔。

她在社交晚会上表现出来的丰富人性和大大咧咧的笑容都没有半点虚假。但在更为坚固的核心部分，她却是一位理想的魔术师。只要她相信这将关系到魔术的发展，那么她甚至会毫不迟疑地让自己的学生接受封印指定。她就是一位如此理想的魔术师，如此理想的君主。

大概，这种生存方式与身为十二君主的身份也是十分相符的吧。

"我就知道多半会是这么回事。"橙子平静地说道。

下一秒——

橙子不经意地低头看了眼自己的胸口——她不可思议地盯着从胸口冒出来的嫩绿色尖端，露出疑惑的神色。

"成……成成……成……成功了！"

身后的地板上传来结结巴巴的喊声。

马约在这短短数分钟内，已憔悴得像个老态龙钟的老人，此时在他手指上正夹着某种香药。

"啊……原来是药……啊……"橙子樱唇轻启，有些困惑地嘀咕道。

橙子喝下的阻碍记忆的药估计还带有其他作用。恐怕是药里混有植物的种子，只需将另一种药散播在空气中让她嗅到，

种子就会以她的身体为苗床一下子生长起来。

"哈哈哈哈哈哈哈！"药师高声大笑，"冠……冠位魔术师又算什么？完全没有意义！只有她才有意义！只有我和伊泽路玛梦想的尽头才有意义！拜伦阁下，没错吧？"

"马……马约……"

拜伦也跟不上这令人眼花缭乱的变化。

已陷入绝望萎靡不振的绅士茫然地摇着头，脸憔悴得如同骷髅的药师高声大吼道："再、再来一次！让我们……再来做一次吧！"

他喊着回头看向两位青梅竹马。

"为我……再给她们……整形一次！给白、白银公主！给雷吉娜！把她们尽情地……切、切碎吧！"

这完全就是疯言疯语。

橙子却十分爽朗地反问道："若不然，我就会死掉？"

"没错！植、植物的根……绑、绑着你的心脏和重要的脏腑。你……要是敢解除魔术，你的内脏也会被挖空。不……不论你的魔术刻印有多优秀，都难逃一死……"

"这没什么意义啊。而且，因为我根本就没在身上刻什么魔术刻印，所以会很容易就死掉的。"

橙子在贯穿身体的根茎上刻下一些文字，下一刻，贯穿她身体的根茎便碎裂散落了。但她身上被根茎穿破的部位并没有堵上，而是开了个拳头大的洞。

她愣愣地嘀咕道："原来如此，是这样啊。看来，我忘记掉的那个我啊，做事挺不靠谱的。不过说白了就是，因为反正到时候都会破产，所以只要尽可能享受当下就好。我这个性（性质）还真是恶劣啊。拜之前的那个我所赐，这样的落幕还挺让人扫兴的。虽说我跟马约无冤无仇，但既然事已至此，我也无法阻止啦。"

橙子仰头看着天花板："最近我的秘密暴露啦，在时钟塔周边，都已经没人敢来杀我了……这样啊，原来我没跟你们提过这个啊。"

橙子身上发出"嘎嘎吱吱"的奇怪声响。

这个声响不同于震动鼓膜的空气声，而是源自于更为本质——不存在于这个次元的地方，异样的摩擦声仿佛能够直达灵魂。

"抱歉，先帮我保管一下。"

橙子把一个纸盒子丢到师父手里——那是香烟。

伊诺莱神色大变。

"橙子，你——"

"哈哈，老师果然也知道啊。"

在橙子露出笑容的同时，那无人听过的怪异声音越发响亮起来。

不，在场的所有人里面，只有我曾听过那个声音。

"是在那森林里战斗时的……"

那时，我从橙子带来的大包中感觉到了诡异的气息。那堪称绝望的可怕魔力，令我不由得怀疑，它恐怕能与于尽头闪耀之枪匹敌。

橙子的体内正散发出性质相同的气息。难道说，在她体内的东西才是包中怪物的本体吗？

"以前在遭人暗算后，我就反省了一下，于是现在就放在这里边了——啊，你们不要担心。我限制它只能做出反击，只要你们别乱出手，它应该不会袭击施害者（马约）以外的人。君主·埃尔梅罗二世，我等下再找你要香烟。"

咔嚓，橙子的腹部碎裂开来。衣服骨肉都无一例外，像雕像的素材一样从她身上脱落——在她体内洞开的伤口仿佛就是一扇"门"。

一片黑暗——那里面别说尽头了，就连距离都不存在，简直就是无间地狱。（注：无间地狱是一个专有名词，出自佛教《法华经》《俱舍论》《玄应音义》等经书，音译即阿鼻地狱，梵文为Avicinar Aka，阿者言无，鼻者名间，阿鼻的意思就是无间。无间地狱是八热地狱中的第八地狱，也是八热地狱中的最底层。）

事后我也问过师父，据说那怪物没有名字。只知道它从很久以前就一直归苍崎橙子所有，至今依然无人能查出它作为神秘的真实身份。说不定连橙子自己也不清楚怪物的真相。

就像旧恐怖电影的金科玉律——

从不说话，无人知晓其真面目，以及最重要的一点……不死之身。

在任何魔术都无法抵达的黑暗之底，亮起了两点光芒——正是我在那时看到的两只眼睛！

拜伦从喉咙中挤出无声的悲鸣，黑影将橙子的身体粉碎殆尽，气势汹涌地冒了出来。

荆棘般的触手与不祥的钩爪，朝伤害了主人的药师抓去。

"马约！"

"啊……"

马约在听到雷吉娜的呼喊后，只是微微颤抖了一下喉咙。

面对眼前的状况，他似乎已经放弃抵抗了。被抓住的身体转眼间就被拽进名为苍崎橙子的"门"中，被数以千计的利齿所咀嚼。

啊，是啊。他完全无法做出反应，根本就反应不过来。

在某种意义上，怪物甚至可以媲美临时顶替的黄金公主的美——即便性质正好相反，但怪物的形态也足以震撼人们的灵魂。虽然只是被一寸寸地蚕食，但感情却早已被恐惧所填满。

结束了，结束了……管它什么事件，还是其他的事物，全都结束了。

如此轻易地就结束了，就仿佛机械降神（Deus Ex Machina）出现了一般。（注："机械降神"这一说法来自希腊古典戏剧，指意料外的、突然的、牵强的解围角色、手段或事件，在虚构作品内，突然引入来为紧张情节或场面解围。）

"真的可以吗？"

有人向我问道。

其实那是我在自问。

我在害怕，我害怕那个过去的英雄侵占自己。

而眼前的这个人，则是被能够消灭一切认知的绝对之美所迷住了。

嗯，我和他之间的区别，其实就是需要祭献的是他人还是自己，以及有没有机会，仅此而已。就因为这点差别，我留在了这边，而马约则被带到了那边。

"喂，格蕾。"

从右手传来声音。

刚才也是，我听到了不知是谁的话语，多亏了师父的喝骂，我才清醒过来。

而现在呢？这也只是我的一时鬼迷心窍吗？还是说，只是我擅自强加在偶然有着相似境遇的人身上的幻想？

"我……"我发出声音。

刚好就在这时，如萨莫色雷斯的胜利女神像般，此时也正分崩离析的橙子在最后看向了我。

感觉她是在朝我微笑。

仿佛她在背后推了我一把，对我说："去做你想做的事，按照自己的想法活下去吧。"

恐怕她是我迄今为止见过的人当中最为自由的一个，而这就是她给出保证。

"啊啊啊啊啊啊啊啊啊啊啊啊！"

我的身体动了起来。

我轻轻一跃，就向前逼近了五米距离，在旁人还来不及阻止之前就解放出亚德。我将全部魔力注入死神之镰，强行斩断荆棘触手。

我强行将马约拽回来，虽然他脚上的一部分已经被吞噬，但至少可以肯定，他暂且还活着。

"马约！"雷吉娜和白银公主一起跑了过来。

即使马约要她们为魔术献身，但她们对马约的感情似乎还没消失。这一定是因为他们之间有着难以切断的牵连吧。虽然我不是很懂，但我想，世上也是有着这种时间沉淀的啊。这种想法并没有给我带来丝毫的不快。

"格蕾！"

"对不起……师父。"

我将还试图把马约抢回去的荆棘触手斩断，向师父道歉。

我察觉到了魔力的流动。橙子——不，曾是橙子的"匣子"内的怪物看来已将我们视为敌人，正准备改变战斗方式。

"他也和我一样。不，他比我稍微有勇气一点。"

如果我能更有决心一点……大概已经沦为过去的英雄了吧，大概会成为更适合使用亚德的人吧，故乡的人一定会很高兴……像现在这样痛苦挣扎的我也将不复存在。

不过，我的这种心情该如何来形容呢？

"唉……"

听到我这明显不充分的解释，师父只是点着头叹了口气。

他凝视着前方的空间，那里只能看到失去形体、模糊黑暗的"匣子"。

"无从下手吗？不过，它能进行干涉的时间和范围好像都受到了限制。原来如此，如果放到恐怖电影里面，这简直就是完美的搭配。正因为吸血鬼只有在夜间无敌，所以才受人喜爱；正因为僵尸不会讲话，所以才能引起人们的恐惧。这真是颇具她个人风格的杰作啊。"

师父十分钦佩地嘀咕完之后，向站在旁边的卷毛少年问道："斯芬，你能解决多少？"

"七成应该没问题。"

"有劳了。"

师父刚简短地说完，弗兰特便急不可耐地跳了起来。

"教、教授，等一下啊！你不问一下我吗？"

"闭嘴，你刚才不就被人漂亮地踢成脑震荡，晕过去了吗？"

"话是没错！但是啊，轻视脑震荡是很危险的！要是昏迷的时候打鼾可就惨了！啊，不过，据说还能体会到濒死的感觉，看到前世的记忆什么的呢，教授你觉得呢？"

"斯芬，你去和格蕾一起击退触手。"

"是的，老师！"

师父干脆无视弗兰特，对斯芬下令后，才重新看向他。

"弗兰特，去对固定那个空间的术式进行介入。"

"遵命，教授！"

弗兰特轻轻点头后，用手指细细地画出魔术印记，然后触摸地板。

旁边的斯芬则是全身都被雄壮的狼人幻体包裹起来。

"莱尼丝掩护所有人。"

"好好，我就知道哥哥会这么说。"

莱尼丝满足地说完，便放下一直捂着右眼的手。水银女仆收回化作天宫图的部分，悄然进入迎战状态。

随后，师父朝身后喊道："君主·巴留埃雷塔，米克·古拉吉列——我们要把那东西打回去。拜伦阁下和白银公主他们可以交给你们保护吗？"

"嗯，毕竟他们也是我们派别的人。"伊诺莱答应道。

到现在，拜伦仍处于茫然不知所措的状态。

估计是因为他直视了那双眼睛吧。那可是能使见惯异物的魔术师都陷入绝望的噩梦，足以让这个人生被打破得支离破碎的壮汉茫然自失。他似乎都没能意识到，在现在的状况下，自己随时都有可能殒命。

"既然委托人都发话了，那就没辙了。"米克耸了耸肩。

四周其实早已撒下由彩沙构筑起的结界，看来自怪物出现时起，各方就已经各自做好准备了。

接着，师父又对在场的另一人说道："我还以为你会拔腿就逃呢。"

"我当然是这么打算的。但难得有机会，我还是想见识下君主们的手腕。"阿特拉姆心情大好地说道。

也不知道他看上了师父哪一点，从他看向师父的眼神中，让我感觉他就像是在观摩朋友工作一样。

"那我可要收参观费哦。"

"悉听尊便。"褐色肌肤的青年夸张地行了个礼。

对于师父而言，似乎这样就足够了。

他再次对我说道："格蕾。"

"在……"

"你做得很好。"

我不禁抬起头来。

"我说过，这件案子已经由我接手了。要是放任凶手被那种怪物抢走，会有损埃尔梅罗教室的名誉。所以应该由我们来给事件拉下帷幕。"

不可能是这样，师父只是在为了掩饰我的任性妄为而制造借口罢了。

这是多么荒谬——又是多么可爱，让人感到痛心的借口啊。

"敌人要攻过来了。"

怪物终于决定好，要如何应对敌人了吗？

荆棘触手一下子从黑暗的"匣子"的内侧释放出来。

但与此同时，自我体内不断上涌的冲动，也终于找到了宣泄口。

"我去了——"

触手以超越爆炸的速度和范围释放开来——我从正面冲了过去，吸取散乱的魔力转化为"强化"。同时靠着直觉与反射神经闪身钻入荆棘丛中，强行挥舞正渐渐变细的死神之镰，一下子就斩断了七根触手。

接着，我继续旋转着舞动镰刀。

魔力从怪物身上流淌下来，量大得让人害怕。我感到自己的魔术回路与神经都在被侵蚀，但我还是没有半点犹豫，毕竟我没有理由去犹豫。既然决定要死守这里，又何需后悔呢？

斯芬也抓住身边的触手，利用幻体的强大力量将其拽断。

"别想着杀死它，"师父的声音在身后响起，"贸然用巨大的魔力刺激它的话，可能会引出它的本体。在弗兰特完成解析之前，只需要缠住它就好。"

也就是说，不能使用于尽头闪耀之枪。即使没有这种限制，也不可能在难以称为盟友的君主面前使用。

大概是怪物感受到了我们的反击，一瞬间，荆棘增加得更多了。

　　单靠我和斯芬，到底能不能压制住它呢？我紧张地咽了口唾沫。

　　就在这时，我的身体突然被银色包裹住。

　　"咦？"

　　"虽然我不太想在这种场合卖弄来着……"

　　她的声音听起来十分不情愿。

　　我的四肢都亮起银白色的光芒。

　　覆盖全身的白银——月灵髓液化为优美的铠甲。

　　"我把月灵髓液都借给你了，你就加油吧。"莱尼丝微笑着说道。

＊

　　莱尼丝忍受着双眼的疼痛，集中精神操纵月灵髓液。

　　她细心操作，让月灵髓液与格蕾全身的魔力同步，以免妨碍格蕾的动作与术式。

　　莱尼丝的魔力本来就远不及前代君主·埃尔梅罗——肯尼斯·埃尔梅罗·阿奇博尔特，因此她无法提供庞大的魔力去驱使月灵髓液持续进行剧烈活动。

　　不过，君主·埃尔梅罗二世却在她身上发掘出别的才能——精密操作。

　　会对强大魔力产生过度反应的魔眼，其实也不过是这种才能的一种体现。

就结果而言，莱尼丝在十一岁就习得了"在魔术上叠加魔术"这种被认为难度极高的术式。无论是赋予特里姆玛乌人格，还是在数小时前重现黄金公主的投影，都使用到了这项技术。莱尼丝还清晰地记得，自己第一次成功时，哥哥那喜悦而又闷闷不乐的表情。

真是惹人怜爱啊……

他的行为，在她看来，简直就是为了体味自己的平凡才去培养弟子。

即便如此，他也没有放弃这条道路，由此可以看出，他离开魔术就无法生活下去。对少女来说，他内心的纠葛简直就是难得的佳肴。

所以，她想最大程度地享受这份美味。

为此……

"就拜托你啦……"

她注视着格蕾的背影，在心中说道。

*

斯芬·古拉雪特一直在战斗中替格蕾守卫死角。

老实说，他的内心已经万分欢喜了。

光是能够保护格蕾，就已经让他高兴得想跳起来了。一股甜蜜发麻的感觉从背后掠过，他的脑细胞全都沉浸在幸福之中。

他坠入爱河已经有三个月了。

只是斯芬自己也不清楚这到底算不算恋爱。

虽然他学习的兽性魔术在世上广为流传，然而使用人数却极为稀少。由于这种魔术需要吸收兽的特性，所以很多时候都必然会导致人性流失，致使魔术家族难以延续。

古拉雪特家是少数的例外，但他们也没有克服兽性魔术的缺点。因为即使使用者会疯掉，魔术刻印也能继续继承下去。

他们家的魔术通过固定化的神秘而强行传了下来。碰巧斯芬又能适应兽性魔术，于是他就被当作光荣的成功案例送往时钟塔。但由于他们家在其他派别没有门路，所以最后只好叩响埃尔梅罗教室的大门。

在此遇见的君主·埃尔梅罗二世看出他的才能，并助他达成了伟业——重现多种早已失传的兽性魔术……但这仍未能填补他的孤独感。

即使在时钟塔，斯芬也依旧觉得自己是不同于他人的生物，自己既不是魔术师，也不是人类，甚至不是兽。

斯芬心中一直有道填不满的沟壑，而在他嗅到格蕾的气味时，这道沟壑才终于被填上。

大概……

大概是因为格蕾也与周遭格格不入吧。

她无法融入生者，也没有勇气成为死者，还害怕亡灵。

也许自己能够和她互舔伤口。

因此，虽然这份感情不一定是恋爱之情，却也绝不容忽视。

"啊……"

斯芬在冲动的驱使下大声咆哮。

他的身体产生出多个分身。

他向因困惑而颤抖的荆棘触手得意地笑了笑："这才是幻体的用法。"

简单来说，就是用魔力使自己的分身半物质化。他在与橙子交手时之所以没有使用这一招，是考虑到橙子很可能会一下子就看出他的本体，使分身作废。但与触手交战，就没有这种担心了。

六个斯芬一齐冲向荆棘。

*

埃尔梅罗二世静静地观察着格蕾与斯芬大展身手。

两人都气势勇猛，他们压制住了蜂拥而至的荆棘触手。

多亏他们，埃尔梅罗二世成功地找到了某件东西。弗兰特对空间进行解析的介入术式也逐渐完成。

然而，一根荆棘却穿过缝隙，出其不意地伸了过来。

荆棘触手沿着弟子们都没能注意到的角度，准确地奔向站着不动的青年的眉间。

就在这个瞬间，一只蜘蛛似的自动人偶跳了下来。自动人偶护住埃尔梅罗二世，却被荆棘触手穿破要害，但它还是以远超人类的蛮力拧断了触手。

"笨蛋弟子留给拜伦阁下的自动人偶吗？"伊诺莱嘀咕道。

那正是在特里姆玛乌追踪时，拦截格蕾等人的自动人偶。

"谢谢。"埃尔梅罗二世扭头向白银公主道谢道。

恐怕白银公主在决定包庇马约时，就是用这个人偶来争取时间的吧。她懂得操作橙子交给拜伦的自动人偶一点也不出奇。

"本来是打算在最后用它来和父亲一起自杀的。"白银公主轻声说道。

雷吉娜只是抱着马约一言不发，估计她们两人的想法是一致的吧。正因为想着在这里结束也无所谓，所以被埃尔梅罗二世揭露罪行的时候，她们两人才能保持冷静。

"可是，你们为什么要……"悦耳的声音带着几分颤抖。

我想，白银公主想问的其实是"为什么要救马约"吧。

我们没有任何理由这么做。

"不是我要救。"师父说道。

青年背对着惊讶的白银公主，继续说道："不过，既然弟子都挺身而出了，师父哪有不帮忙的道理？"

君主·埃尔梅罗二世说完，轻轻摸了摸刚才找到的东西。

6

覆盖着月灵髓液的身体活动速度比平常快了近一倍。

这就是所谓的魔术强化外骨骼。虽然我没亲眼见证，但海涅·伊斯塔利在剥离城（阿德拉）所使用的"活石"应该也基于同样的原理。

我接二连三地发起突击。

我要吸引荆棘的注意，并坚持到弗兰特成功干涉为止。

斯芬似乎也在做着同样的事情。他不断扯掉触手，尽管他在刚才与橙子的战斗中受了伤，还是没有表现出来。

"啊……"

我在挥动镰刀的同时心想，至今为止，自己已经与许多人相遇了。

来到伦敦之后，我接触到的人数是在故乡时的几十倍。不论是剥离城（阿德拉），还是这次的事件，都不过是与人接触的波纹之一。

在相互接触之后，不论最终能否达成妥协，这份经历都将成为自己的一部分。这是无法否定的过去，也是只能去接受的历史。

荆棘触手变成新的形态——触手复杂地纠缠在一起，化为人类的形态，就像一个拿着触手剑的骑士。看来"匣子"里的怪物认为，化作与敌人相近的形态会更方便战斗。不，与其说它有思维，倒不如说那其实是人类难以理解的异界本能。

我毫不在意地冲了过去。

"啊啊啊啊啊啊啊！"

死神之镰与剑相撞。

这回，我没能把增加了密度的荆棘斩断。

对手的身体旋转起来。

这！

我条件反射般挡住从斜上方劈下来的剑。

它的招数和我一样，看来它在短短几分钟的战斗中，就学会了我们的战斗方式。

而且，荆棘魔人好像还不止一个。随处都有荆棘触手相互交缠成类似的形态，准备产生出新的使魔。

荆棘之剑斩断了我的一缕头发。若没有月灵髓液的铠甲，说不定连颈动脉都要被割破。

"小蕾！"

我听到弗兰特的声音后，在地上一个打滚，同时低声说道："亚德，第一阶段应用限制解除。"

"哈哈哈哈哈哈！你说那个啊？真是难得啊！"亚德感受到新注入的魔力，尖声大笑起来。

亚德是赋予在于尽头闪耀之枪上的封印型魔术礼装，死神之镰通过运用其内部的魔力，可以获得部分基于宝具的性能。

不过，其限定形态不仅仅有死神之镰。

亚德瞬间变回匣子，表面像魔方似的旋转并展开，化作一面大盾，覆盖住我的右半身。

我一个劲地用大盾格挡下荆棘魔人斩来的剑，每次格挡，

盾的表面都会剧烈颤动。

死神之镰拥有限定形态中第二高的攻击力。相对的，大盾也不局限于纯粹的防御，它还带有另一种特性。虽然激发这种特性要花些时间，但大盾完全可以撑过这段时间。

在抵挡住第六次剑击时，盾的表面突然喷射出无数火焰。

"反转（Reverse）！"

我大声喊道，同时从火焰中射出大量魔力。

高密度且纯粹的魔力放射威力虽然比不上本体于尽头闪耀之枪，但也足以给依赖某种魔术而存在于此的荆棘魔人造成巨大影响。

复杂地纠缠在一起的荆棘瞬间散开，失去人的形态。

"解析完成！教授，随时可以干涉！"弗兰特笑吟吟地宣告道。

师父用手指夹着雪茄，冷冷地说道："那就去吧。"

随后，他又向身后说道："阿特拉姆·加里阿斯塔，可能会有反作用力，劳烦使用防御术式。"

"啊？你叫我？你没资格指使我吧？"

"我说过要收参观费。我们都亮出这么多底牌了，可容不得你抱怨。"

"原来如此……刚才也是这样，你还挺会讨价还价的嘛。"

阿特拉姆扬了扬下巴，在旁待命的袭击者们立刻行动起来。

不得不说，阿特拉姆确实颇具统率力，袭击者们连续编出的术式，连伊诺莱看了都忍不住扬起眉毛，轻声赞叹一句。

接着，弗兰特念出咒语："开始介入（Game Select）。"

以前我在课上听说过，弗兰特的咒语分两种不同的形式，一种是在看穿对方行动后接招，另一种则是主动出击。

"咚哒哒，咚哒哒，咚哒哒哒。"

少年在轻哼的同时，手指像弹钢琴似的刻下魔术印记。

我感觉到他手指每动一下，魔力波都会像信号一样，在地上传开。弗兰特这位天才少年魔术师，正逐渐以自己的意识掌握这片空间。扩张的意识领域仿佛正被他吸进掌心。

很快就出现了影响。

顷刻之间，剩下的触手的动作变得相当迟钝，并被吸回匣子内。

匣子在收缩，然而——我在刹那间看到了。

那双眼睛与触手相反，正从黑暗的匣子那边向我们逼近。

滴着大量粘稠唾液的嘴巴张开得比我的身体还要大。

"不行。"

我听到斯芬咽唾沫的声音。

"顺利过头了。"

没错，我们做得顺利过头了，甚至没动用宝具就引起了匣中怪物的兴趣。

能与之对抗的唯有于尽头闪耀之枪，然而我已经没足够的魔力与时间去发动宝具了。现在我能做的就只有——

"第一阶段应用限制解除·死神之镰。"

大盾在经历了数次分解与展开之后，恢复到死神之镰形态。

我钻过后撤的触手的间隙，在距离匣子极近的距离，将镰刀高高举起，狠狠斩下。

"格蕾亲！"

"呀啊啊啊啊啊啊啊！"

在这一击中，我使出了全身力量。

庞大至极的魔力爆发出来。保护匣子的魔力与死神之镰的魔力正面碰撞，产生出魔力的奔流。

面对过于巨大的压力，就连覆盖在身上的月灵髓液也都失去形态，被冲向身后。

"格蕾！喂！这样再怎么说也撑不住的啊！"

虽然有些抱歉，我还是无视了亚德的话。

吸收的魔力超过规定值，直接冲破我的神经与魔术回路。虽然还不至于撕裂神经与魔术回路，但那份疼痛还是折磨着我的大脑。想像成烧红的荆棘遍布我的体内就好。我的身体变成只能感知痛楚的肉袋，自我意识仿佛在百年前就已经死绝了。

不过，只有魔力的循环依然没有停止。魔力依旧遵从最初定下的程序自动运转，试图将匣子碾碎。

"啊……啊……"

将呻吟化作力量，连痛楚也化作力量。

即使如此，本应死绝的意识依然在低吟——好难受。

即便如此，难受至少还是比痛苦要来得舒服一点。

不论何时，这个世界都在拒绝我——不对。其实我很明白，是我在拒绝这个世界。就算明白，我也无能为力。就算大声呐喊，也无法使自己变得轻松。既然如此，就只能闭上嘴蹲到房间的角落了。

即便如此……

即便如此——

依然有人在注视着我。

依然有人在守望着我。

即使现在，我也依旧感觉到身后的视线。

仅仅因为有人注视着我，就足以让我再踏出一步。

"回……去……吧！"

然而，意念与魔力不成比例。

来自匣子内的压力在急速增加。

原本只有两点的光芒一闪一闪地增加起来。

从匣子内侧传来不知是饥饿还是愤怒的巨大咆哮。原来怪物不止一头吗？还是说这才是那头怪物的形态？

正当在心底深处弥漫开来的绝望快要将我的心染成黑色的时候。

"已经足够了，女士。"

我听到了一道冷静的声音。

我没有力气回头，但强化到极限的感觉告诉我，身后的师父将一个巨大的物体放在了旁边。

那是……苍崎橙子……的……

那是我第一次感觉到怪物气息的匣状包。

看来在我们和触手大战时，师父趁机找到了这个包。估计在橙子身亡的时候，隐藏包的魔术也随之解除了。

"我刚才稍微调查了一下，"师父抚摸起包的表面，"简单来说，这个包应该是一件功能受到限制的魔术礼装，只有在使用魔力通电时，才能连接这边与那边。若没有魔术师提供魔力，它就会自动闭合。用来收纳你这种容易失控的怪物真是再适合不过了，这的确很像那个女人想出来的术式。"

师父又钦佩又没辙地耸了耸肩。

"那么，要是在匣子内部让包通电，又会怎样呢？会像莫比乌斯之环那样，出现两个你吗？还是说你会被矛盾（Paradox）所撕裂呢？这个问题还真是有趣啊，请务必告诉我答案。"

师父用"强化"过的一只手将包扔了过去。

我看到，划出抛物线的包上绑着几根他平时抽的雪茄。我这才明白，蕴含着淡淡魔力的雪茄原来是简易式的魔术礼装。

荆棘触手想要阻止，也不知道它是听懂了师父的话，还是单纯出于本能地做出反应。

我翻转起死神之镰，瞬间就将这些触手斩断。

即便如此，仍有大量触手蜂拥而来，我忍不住喊道："亚德！"

"呀哈哈哈哈哈哈哈！这次轮到那个了啊？我可喜欢了！开心死啦！"

亚德大笑着进行了第四次变形与展开。

自内侧宝具体现神秘的形态即为大锤。

我整个身体都旋转起来。大锤从背面瞬间释放出魔力，像喷气引擎似的爆发出最高速度，以发挥出最大效果。限定形态的破城锤，其特性决定了，它足以匹敌英灵的D级技能。

"啊啊啊啊啊啊！"

我狠狠地一锤打在包上。

受到加速的包根本不给触手捕捉的机会，就如流星般坠向黑暗匣子的内部。

深渊内部也有距离或是时间的概念吗？

"那么，"师父摊了摊手，"你就自己和自己去互相吞食吧，混蛋无名怪物（Fucking Nameless Monster）。"

他打了个清脆的响指，包也随之打开。之后会发生什么就不得而知了。

在我"强化"过的感觉都无法感知的地方，有什么东西喷涌而出。

或许是叫声吧。这片化作虚无的空间之前一直在喷出荆棘，但此时却正好反过来，开始吞噬周围的物体。

我只感觉，它在不断吞噬。

不论是吊灯，还是沙发，甚至连螺旋楼梯都被吞入其中。

一切都变得深不见底，无尽的贪婪、傲慢与淫欲，显得如此迫切与残酷。

仿佛一切都只是一场梦，仿佛一切都在咆哮："若被冒着地狱业火的大嘴所吞噬，将变得如同从未存在过。"

我也在这时失去了意识。

终章

时钟塔的名字有两层含义。

第一层自不用说，就是指魔术世界的大本营及第一大组织。另一层含义则是指设立在伦敦里侧的第一学科——拥有全体基础科（Mystile）以及五大教室与七十小教室的最高学府的校舍。

这栋有众多学生来往的建筑对外宣称是老牌大学。话虽如此，但为了防止行人不小心靠近，校舍整体都经过精心设计，远看的外观自不用说，周围还布置有魔术与心理学的双面结界。

不过要是进入内部，那么需要考虑的问题也就会相应改变。

用师父的话来说就是——"时钟塔虽有学校的校规，却没有人类社会的法律"，因此乍看之下与普通的名牌大学没什么区别，但只要稍微改变一下目的地，碰上魔兽与元素魔术肆虐的场面都是家常便饭。尤其是据说为寻找神秘的残骸或幻想种的尸体，现在仍在不断向下挖掘的大迷宫，哪怕是高位的魔术师，若贸然深入其中，都有可能回不来。我还记得，刚被师父带来伦敦时，一开始就被师父如此忠告。

基本上可以这样说，这栋作为主校舍的"时钟塔"，再加上其他散布在伦敦近郊，作为独立学园都市的十一学科，就是魔术协会在地理政治学上的全貌。

此时，师父正坐在协会为他在时钟塔准备的个人办公室里。

这里与现代魔术科（Norwich）的街区——苏拉相比，设备要齐全得多，面积也大得像是酒店套房。每一张办公用的桌子、沙发都是精品，散发着历史悠久的名牌气息。无论是从雅致的窗户斜射进来的秋日和煦阳光，还是装饰着精致雕刻的花岗岩暖炉，都进一步加强了这种印象。

即便如此，这一切还是配不上坐在师父面前的人。

"那后来呢？"

她用以提问的双唇宛若可爱的花瓣，直直望向师父的双眼如同琥珀色的宝石，用蓝色缎带扎起来的纵卷金发仿佛出自天工之手。

虽然少女在纯粹的美貌方面，稍逊于黄金公主与白银公主，但她全身都散发出黄金般的高贵，这足以弥补外貌上的差距。她光靠自己就证明了，美不仅能通过外表，还能通过个人的存在方式体现。

尽管时钟塔很大，但也很难找出像少女这样的人。

她就是——露维娅泽莉塔·爱德菲尔特。

这位与剥离城阿德拉事件牵扯颇深的少女，正为指定导师一事拜访师父。少女表示，当初曾约好要师父来当她的导师（Tutor），所以这是理所当然的要求；师父则坚称，自己当时只是说之后会考虑，并不记得有答应过此事。不过，在我看来，两人谁占上风，已经显而易见。

"没什么好说的，我已经讲完了。"师父坐在办公椅上不耐烦地摇了摇头。

只有雪茄的烟雾若无其事地飘荡在房间的天花板上。关于时钟塔内部的空气调节系统方面，有的地方使用风元素魔术，有的地方则使用运用普通科学原理的吊扇。基于师父的喜好，他的房间使用的是吊扇。

"哎呀，哪里讲完了啊？最关键的结局都还没说到呢。虽说失去了意识，可格雷和你最后不都还是活下来了吗？"

"马约因为下半身被吞噬掉，已经彻底变成废人。至于拜伦阁下，他一醒来就大喊大叫，说为什么不给他个痛快。"

这也难怪，毕竟他的人生在那时就已经完蛋了。

对于伊泽路玛家而言，这无疑于他们永远失去了追求美这一代代相传的目标。

"由于出现晚会造假、杀人等丑闻，伊泽路玛的领地已被时钟塔冻结。至于白银公主、雷吉娜和伊斯洛·色布南，则和拜伦一同在时钟塔接受调查，但暂时还没收到其他有价值的后续消息。至于马约杀人一事，则按与布里希桑家无关的个人恶行来处置。"

我在打扫房间的同时用余光看着两人。

虽然师父以我还在疗伤为由阻止过我，但我还是觉得活动下身体比较舒服。以前在故乡的教会我也常负责打扫，所以很擅长这方面的工作。毕竟在打扫的时候，几乎不需要进行思考。我甚至能从拂掉纤细窗框上的灰尘、擦亮地板等细微工作中体会到快感。

露维娅靠坐在沙发上，享受着身后留着莫西干发型的管家泡的红茶。

据说她之所以来这里，是想在正式入学之前，来参观一下。

令我感到有些意外的是，她居然考虑入住诺里奇的学生宿舍。不过，有传闻说她想独占宿舍的最高层，这确实很像她的作风，感觉她会过上很与众不同的宿舍生活。

对了，诺里奇这个名字是时钟塔有名的长腿叔叔一族的姓氏，同时也是现代魔术科的别称。因为在师父这位君主担任学科主任以前，他们就已经是学科最大的融资方了。基于类似的原因，接受资助的学生也会成为他们家的养子，所以在时钟塔周边经常能看到诺里奇这个姓氏。（注:《长腿叔叔》是简·韦伯斯特创作于1912年的长篇小说作品。）

少女放下白瓷茶杯，拨弄着纵卷的金发，思索了一阵才说道:"爱德菲尔特基本上也属于民主主义派，所以我也听到不少传闻。这也算是最近闹得最沸沸扬扬的事件了。"

"毕竟巴留埃雷塔派中最有实力的家族之一突然陨落了啊。"师父握着钢笔，神色忧郁地回道。

单论结果，贵族主义派的埃尔梅罗获得了极大的好处。我们给予了民主主义的名门巴留埃雷塔以沉重打击，最后凯旋而归。听说那群心情大好的贵族（Lord）们都对师父赞不绝口，埃尔梅罗也因此获得了大笔融资，并得以大幅缓解债务问题。

不过，在那个事件的相关人士当中，又有谁希望看到这样的结果呢？又有谁会为这样的结局感到高兴呢？

师父拿着钢笔写字的声音在房间中空洞地响起，我不经意地和师父对上了视线。

"说起来，我还听说橙子女士的身体其实是人偶，里面栖息着一头怪物。"露维娅说道，"橙子女士不是也说，最近她的秘密暴露了吗？据说在受到封印指定的时候，她就是靠着这招，才能多次逃脱。因为时钟塔损失太过巨大，所以还命令执行者部队暂时停止行动。"

这样的故事，的确很有她的风格。

而且，没想到露维娅竟然能打探到这种消息，真不愧是被称为"世上最优美的鬣犬"的爱德菲尔特。

师父发自内心地长叹一声："可能她平时都是躲在远处，来操控人偶身体的吧。"

"这可不好说。如果只是单纯的远程操纵，那阻碍记忆的药物就没有意义了，而且她在伊泽路玛生活了一个月之久，应该也会暴露。"

"那又是为什么呢？"我终于忍不住问道。

露维娅缓缓看过来，顿了顿后说道："我也是道听途说，据说那位人偶师已经没有本体的概念了。"

"没有本体？"

"对，我认为，她将自己替换为拥有完全相同能力的完美人偶，已经不存在什么原型了。"

我不由得哆嗦了一下。

就理论上而言，这应该是正确的吧。如果有完全相同的人偶，或许真的就不需要现在的自己了。

不过，到底要怎样才能下得了如此决心啊？不论与本人有多么相似，人偶也终究不是自己。让人偶去讴歌本该由自己去度过的人生，去获取本该由自己去得到的成就……到底是有着怎样的人格，才会觉得这样也无所谓啊？

"她的话……或许真有可能。"师父说道。

"我很难想象这种生存方式。"露维娅回应道。

她身后的莫西干头管家换掉喝完的红茶杯后，又轻轻放下一碟司康饼。看来他相当了解主人的进食节奏。若除开他的发型，还有那近两米的体型，他简直堪称管家的典范。

"老师也要尝一下吗？"

露维娅向师父示意了一下由管家准备的另一份司康饼。

"我不想吃甜食。还有，别叫我老师。"

"哎呀，原来您更喜欢'导师'这个称呼吗？还是说'埃尔梅罗师父'比较好？要不，学习亚洲的叫法，称呼您为'先生'如何呢？"

"叫老师就行……"

师父很不情愿地回了一句后，放下钢笔。

看来他从刚才起就一直在写的文件总算是写完了。

露维娅并不关心他写的什么，我倒是提起了兴趣，忍不住问道："师父，您写的好像是信？"

"这封信是写给卡里娜的妹妹的。因为无法告知她真相，所以我希望至少能将案发现场找到的护身符给她寄过去。"

"她们还有妹妹？"

"好像是三胞胎，但只有她们两人被伊泽路玛雇用了，还有个妹妹在老家。我之前就猜到，她们应该还有个妹妹。"

"你还真是一如既往的好老人啊。"

露维娅看向他手边那块画着漩涡纹路的小石头，石头有曾被切成几块的痕迹。

"多半是分成了三块。"师父说道，"凯尔特的漩涡花纹一般有三重。她们俩都有那个漩涡花纹石，所以我就猜，她们应该还有个姐妹。实际上，我也是因此才想到晚会上的黄金公主可能是整形的。"

受还有第三个人这一思路而得到启发。

"假黄金公主是整形的",在这个想法的基础之上,又引申出另一个猜想,即——除了双胞胎的黄金公主与白银公主,是不是还有一个人?

露维娅微微垂下眼帘:"双胞胎啊……这种话题和我还真是有缘。"

"听说爱德菲尔特家每代都有两位家主,被称为'天秤'。"师父拿起带有水印的信笺说道。

魔术刻印通常只能由一个人继承。其实也不是不能多人继承,只是分割魔术刻印没有意义。因此,一般继承人都会限定一个人,即便名门世家也不会向继承人以外的孩子传授魔术。

然而,凡事都有例外,爱德菲尔特就是例外之一。据说受人忌讳的"双继承人"制度才是"天秤"之名的由来。

"不过,关于你们家的下任家主,好像我只听说过你的传闻啊。"

"妹妹性格文静,所以一直待在故乡。"少女露出微笑。

从这温柔的笑容来看,至少她们姐妹的关系应该还不错。

她伸出白皙的手指,轻轻交缠在一起。两根食指像接吻一样叠在一起,让我联想起镜像。

"双胞胎的魔术打个比方来说,就像是和自己的镜像融合。当两人合在一起便是足以君临天下的完美存在,代价则是双方的刀刃总是互相抵住对方的喉咙……当遗忘这一点时,镜子就会碎裂。"少女静静地说道。

她是在说黄金公主与白银公主吗？还是在讲自己与妹妹的事情呢？

"我还有一个疑问，"露维娅顿了片刻后说道，"在那场拍卖会上，到底是谁给伊泽路玛提供资金的？竟然连阿特拉姆·加里阿斯塔都败在伊泽路玛的手上，与菩提树叶失之交臂。"

没错，唯有这点我怎么也想不明白。

"据说时钟塔一上来问的就是这件事情，但拜伦阁下却完全不记得拍卖会相关的事情了。"

"阻碍……记忆！"露维娅惊得目瞪口呆。

再加上，魔术师的资产有相当一部分要么是非法的，要么会以各种形式隐藏起来。如果拍卖会上所用的资金是以这种形式提供的，那么即便是熟悉业界的人，恐怕也很难准确推算出资金的来源。

"我还想到了另一个问题——"师父补充道，"由第三个人的加入而促成了黄金公主的术式，这真的只是偶然吗？"

剥离城阿德拉的事件背后有法政科在进行推动。

师父看穿城堡的秘密，再由我和露维娅击败敌人。这一切应该有一半都在——认为是时候毁掉剥离城的法政科的——化野菱理的算计之中。我还记得师父轻声说"被人玩弄于股掌之间，真是叫人恼火"时的侧脸。

那么这次呢？

拜伦为了弥补黄金公主的缺失，而请来冠位魔术师，这真的是机缘巧合吗？

结果整形后的卡里娜到达了比黄金公主更高的层次，这也是偶然吗？

"……"

两人都沉默了。

"呵呵呵呵……"

我仿佛听到了远方何人的轻笑声。

*

就在这时，房门被猛地打开。

"教授！听说小露来了，是真的吗？"

探头进来的自然是那位金发碧眼的少年——弗兰特。

"你——"

露维娅一下子站了起来，由此可见他们并非初次见面。莫西干管家若无其事地扶住剧烈摇晃的碟子。

少年笑得越发爽快，他拍着手说："听说你来时钟塔参观，所以我就想，得来打个招呼才行！小露，你是准备进埃尔梅罗教室吧？那在埃尔梅罗教室，我就是你的学长了，何况打招呼可以说是做人的基本！"

"谁允许你叫我小露了？"

露维娅的抗议对笑嘻嘻的弗兰特根本不起作用，气得她满脸通红。

令我意外的是，弗兰特竟然在交流中把对方看得如此透彻……也许是这样吧，但至于真相如何就不是社交能力几乎为零的我能够看出来的了。啊，刚才好像露维娅放出的阴忿弹被弗兰特的介入魔术给消除了，大概这也是交流中的一环吧。

"弗兰特！为什么你就不能好好和学妹打招呼呢？"

这次怒喝的是斯芬，他那英俊的脸上已经看不到丝毫伤痕。在之前的事件中，他也受了和我差不多重的伤，然而短短三天不到，他的伤就痊愈了，只能说，真不愧是兽性魔术。

师父明显地皱起了眉头。

"你们几个……"

"老师，我是真的在关心学妹——啊，格蕾亲！啊啊啊，格蕾亲的桃色气味！今天是略带忧郁气息的蓝色四边形风味！"

斯芬心醉神迷地抽动鼻子，吓得我忍不住躲到师父身后。

我闻到身穿西装的他的肩膀上散发出浓郁雪茄香味，一瞬间不由得感到一阵目眩。

"我说过了，不要靠近格蕾。"

"啊，是的……"

斯芬听到师父的训斥，顿时蔫头耷脑。

连他的卷发都弯了下来，看起来就像是耷拉下来的狗耳朵。

"Call。"

"开始干涉！啊哈哈，小露你没必要那么生气嘛。"

弗兰特和露维娅的斗争越发激烈起来，甚至还用上了咒语。

这里毕竟是君主的办公室，具备充足的坚固性与魔术防御性，而弗兰特又基本都是被动接招，所以暂时还没造成房间损坏……但如果露维娅是和性质相同的魔术师交手，估计能破坏掉一两间教室。

就在魔术战开始白热化的时候——

"哎呀呀……真是热闹啊。"

从门后缓缓走进来的莱尼丝愉快地扬起嘴角。

师父则一脸嫌麻烦地回瞪她说道："你要是觉得吵，就帮我说下他们吧。"

"哎呀呀，这样做会有损哥哥的权威的。身为乖巧的妹妹，自然得顾虑哥哥在职场上的威严啊。"

"你单纯只是想看我遭罪吧。"

"哎呀，这么快就把真相说出来，真是不解风情。"

莱尼丝若无其事地承认后，微微一笑。

斯芬不知何时也加入到弗兰特与露维娅的热闹斗争中，长着火红色眼睛的少女看着他们，带着特里姆玛乌穿过房间。

她轻轻摸了摸师父的手："你是在想……或许能有更好的解决办法，对吧？"

"事到如今，还说这些做什么……"师父把头扭向一边说道。

在双貌塔的事件中，马约自不用说，白银公主和雷吉娜也无疑曾想陷害我们。虽说她们那样做，是为了逃出拜伦的掌心，但毕竟也的确曾想利用埃尔梅罗的名声和莱尼丝，这一点是毋庸置疑的。

不止如此，在那起事件中，所有人都失去了某些东西。对于这个结果，师父不可能不感到烦闷。

理解魔术师的伦理，并不意味着会抛弃普通人的伦理。正因为师父同时拥有二者的伦理观，所以他的痛苦也比普通魔术师多上许多。

莱尼丝比谁都更理解这点，所以才会这么问。不过她那透着些许愉悦的笑容，我就当作没看到吧。

"都说了，别叫我卢·西安！"

"你们既然自称学长，就好歹有点学长的样子啊！"

"啊哈哈，瞧你说的，还有谁比现在的我和卢·西安同学更像学长啊？只要是时钟塔的事情，你想知道什么就尽管问——啊，说起来，忘记把天候魔术需要改进的地方告诉给阿特拉姆先生了！"

再宽敞的办公室也遭不住他们的打闹，整个房间都在震动。

仿佛双貌塔带来的阴郁气氛根本就不曾存在过——眼前的景象是如此温馨，宛如梦境一般。

"呀哈哈哈哈！怎么了？你该不是哭了吧？"

"闭嘴……"

我用众人察觉不到的动作幅度狠狠地甩了甩右手，然后往前一步。

莱尼丝轻呼一声，师父则略感疑惑。

"格蕾？"

"我身为入室弟子，得去教训他们一下。"

我说着，便自信地朝三人中间走去。

*

我们来补充一下之前没有提起的事情吧。

实际上，事后是这样的——

当我们醒来时，月之塔已经损毁一大半了。

我只是茫然地坐在地上，根本没有心思去想"塔被那匣子怪物吃掉了"，甚至也没力气去感慨"我们都还活着"。

"君主·巴留埃雷塔带着拜伦阁下与白银公主先回去了。"

我透过崩塌的墙壁仰望着夜空，就连莱尼丝对我说话，我一时间都没能反应过来。

少女解释说，君主·巴留埃雷塔大概是接受了这次的结果，并准备马上调整巴留埃雷塔派及相关的派别。要在时钟塔的派别斗争中活下去，这种地盘调整是不可或缺的。

"白银公主和雷吉娜想向你道谢，说谢谢你救了马约。"

"这样……啊……"

能救到别人，的确是件高兴的事情。

即便如此，我还是觉得有些空虚。如此的美就这样白白消失，为此而积累的历史也付诸东流，这一切都空虚得让我想抓心挠肺。我只在刹那间目睹了他们陨落的过程，但他们本应拥有更加辉煌的未来，更加灿烂的荣光。

"可恶……真是赔了夫人又折兵。"阿特拉姆在不远处气得咬牙切齿。

站在数米之外的师父则冷静地说道："看你没什么大碍，真是太好不过了。"

"哼，我当然没事！代价就是，因为防御术式的反作用力而损失了几名精锐！"

不过，从他本人毫发无伤这点来看，这位魔术师的力量也的确不容小觑。

"哼哼……活该。"莱尼丝悄声骂道。

她那嘴角掩饰不住的笑容,就足以证明她正打心底感到愉悦。明明她也应该筋疲力尽了才是,但肉体的劳累也阻止不了她享受嗜好。

"算了,就当是消灾吧。真正的战斗还在后面。"阿特玛拉回头对我们说道。

接着,他意味深长地盯着师父,宣告说:"我看上的菩提树叶的确是没了。既然你的推测正确,打赌就是我输了。不过,我也不是不能准备别的圣遗物,替代方案早就已经定好了。或许对前代君主·埃尔梅罗来说,圣杯战争不过只是一场游戏,但对我来说——"

"先生,我先提醒你一句。"师父没等他把话说完就打断了,他直视着阿特拉姆,简短地说道,"最好不要小瞧圣杯战争。"

师父的这句话中,到底蕴含着多少感情呢?

始终轻视师父的阿特拉姆也不由得僵了一下。

"哈……"他像是强迫停跳的心脏重新跳动似的吐了口气,"哎呀,看来你对此很执着嘛。哈哈哈,难道是因为你在上次圣杯战争中比前任更受恩惠吗?虽然我也不得不承认,你刚才对付匣子时很机智,但你还是无法参加第五次圣杯战争。毕竟协会的人选早就决定好了。"

阿特拉姆话中的嘲讽语气令我忍无可忍。

"你!"

"格蕾,"师父伸手拦住忍不住想冲上去的我,"他说得没错,我已无法入选时钟塔的名单了。"

"哼，你很有自知之明嘛。"

"但这也不过是时钟塔的名额，此事就不劳你费心了。你留在这里也得不到什么好处了，不如早点回去，自己好好准备准备吧。"

"用不着你说。等着瞧，我会让你和其他魔术师见识一下，所谓的战斗，其实在开始之前就已经分出胜负了。"

阿特拉姆做作地整理了一下西装衣领，转身离去。

"啊……对了。"褐色肌肤的青年快步离去的同时还在喃喃自语。

我听到了他说的话——"既然屠龙的没戏，那就召唤使唤龙的就好。虽然职阶让人有些不满。"

*

现在，那位褐色肌肤的魔术师应该在为新的战斗进行准备吧，幸存下来的白银公主和雷吉娜也应该在以某种形式继续战斗着吧。

时间继续流淌，人生也将继续下去。不论怎样的事件都不可能单方面结束。且不论明显与否，事件的影响都将连锁式地扩散开来。就像将小石头丢到水里，即便表面看不到波纹，但水下的能量依旧会扩散。

这也确实是理所当然的事情。

我不知道这次事件会给众人带来怎样的影响。师父和露维娅或许能预见得更远，但他们所看见的应该还远远不是全貌。

时间是多么复杂的纺织品（Tapestry）啊。

我带着重重心事上完几堂课后，便走回师父所在时钟塔的办公室。

半路上我突然想起忘记带擦鞋的工具了。虽然我在时钟塔和苏拉都各放了一套工具，但工具也必须时不时地进行保养。

幸好时钟塔的房间也和苏拉的一样，分内外两室，师父把外室的备用钥匙给了我，所以我能够自由进出。

"好像刚才做得有点过火了……"

刚才给三人劝架的事情，让我陷入到自我厌恶之中。

像那样大闹一番后，我也免不了会因反作用力而消沉。

心里的后悔之意如暴风般肆虐，担心有没有给对方添麻烦，有没有太得意忘形而遭人厌恶。虽然我很清楚，以弗兰特和斯芬的性格别说计较了，他们根本都不会去惦记这些小事，但我还是会耿耿于怀。

在想法变得消极，情绪变得低落之前，还是继续工作吧。

"我看看……"

我打开房间的鞋柜，找到了要找的东西。

虽然鞋油和清洁剂还剩下不少，但毛刷本来就是宿管克里希那在快不能用的时候给我的，所以也该换新的了……擦鞋的布也得换掉。虽然工具的好坏对擦鞋影响不大，但还是会影响心情。

"要不，去打工算了……"

我突然想起贴在宿舍的招工启事。

尽管师父会给我擦鞋所需的经费，但我还是觉得，这么点东西好歹用自己的钱去买比较好。虽然我不清楚师父有多重视擦得闪亮的鞋子。

我刚把工具放进带来的纸袋中，便听到从房间的里屋传来动静。

师父？

平常这个时间，师父应该正前往现代魔术科的街区苏拉，而今天师父却还留在这里。

里屋的门开了一条缝。

先说好了，我可不是想偷窥。

只是在我打招呼之前，师父就已经摸着里屋深处的柜子，念诵咒语并转动钥匙了——那应该是物理和魔术的双层锁吧。

师父打开柜子，取出橡木盒子，拿起里面的东西。

从远处看，那东西好像是一块有些年头的红色碎布。

那是——

我在脑海中浮现出某个词汇——就是师父在和阿特拉姆打赌时提到的圣遗物。

师父珍重地把红色碎布放在手掌上，露出异常复杂的表情。

他没有握住碎布，看起来好像生怕在布上留下不必要的皱褶。明明他只有眉头和嘴唇在颤抖，但表情却如万花筒般呈现出多种感情的交叠。

愤怒、悲叹、哀悼、喜悦、悲伤、怜爱……

"要是你能来嘲笑我一句'你这个不成熟的家伙'就好了。"

也不知道过去了多久，他才轻轻挤出这么一句话来。

我忍不住转过身去，靠在墙壁上，双手捂着嘴，拼命把声音憋回去。我隐隐觉得，绝对不能打扰到他的这段时光。我缓缓滑落坐到地上，但捂着嘴的手仍然没有松开。

心脏怦怦地乱跳个不停。

我看到了珍贵的东西，不小心窥见了别人的宝物——不，刚才窥见的东西足以匹敌于他的心脏，相当于他的整个人生。

如果那是师父在第四次圣杯战争中所使用的圣遗物……如果那就是师父想参加第五次圣杯战争的理由……

"啊……"

我吐出一口气。

"好想让他们重逢。"

我悲痛地想道。

这一定就是我来伦敦以后产生的第一个"心愿"吧。

完

披着解说外皮的难以形容的文字

"嘿，良悟的*Fate/Strange Fake*是完全的平行世界故事，所以你想怎么写都行。啊，阿诚的埃尔梅罗二世事件簿的世界倒是与*Fate/Stay Night*的完全相同。"

奈须蘑菇这句话说得很是豪爽，却一下子就让三田诚和我（成田良悟）彻底分出了明暗。

我说："什么？你肯定是预见到，我对世界观什么的不会上心，会凭自己的想法随意乱来，所以才一上来就给我设定与正篇不同的世界的吧？"

三田则是说："咦、咦？怎么感觉被塞了一份要多操心的工作啊？"

这……明明分出了明暗，可为什么我们两人都一脸阴暗呢？这到底是怎么回事？

之后，在听到同为平行世界的*Fate/Grand Order*的概要后——

我大喜过望："原来这么乱来都可以啊！那别的世界我也接受啦！平行世界万岁！就像*Fate/Grand Order*那样乱来吧！"

而三田的脸色则显得越来越阴暗："*Fate/Grand Order*的设定，我要照顾到什么程度才行啊？"

哇，这下可总算是分出明暗了。

开场白就先到此为止，要问我为何能有幸在这里给《君主·

埃尔梅罗二世事件簿》写下这篇类似解说的东西，那是因为我也正在*Fate/Strange Fake*里描写着"命运（Fate）"系列的故事。由于这层关系，我才有幸来解说这部作品。而事实却正好相反，《君主·埃尔梅罗二世事件簿》这一系列作品反而是在给我写的*Fate/Strange Fake*系列进行补充和解说。

不，不仅拙作得到了补充。三田诚在这部作品中描写的是一个男人的课堂（人生），不仅揭露了"命运"系列这宏大世界的背面，还实时指导着我们该如何看待逐渐定型的真相。

这部《君主·埃尔梅罗二世事件簿》的故事类似于某种魔术仪式的"解说书"，它毫不犹豫地揭开化作薛定谔盒子的"时钟塔"的盖子，为的是让猫的尸体复活过来，精神饱满地喵喵叫。

奈须蘑菇与以武内为首的型月工作人员创作出了"命运"的世界，这个世界如今正经由各种人才之手不断扩张，或是不断加深特定部分的深度。三田通过埃尔梅罗二世这位魔术师的生存之道，为这片逐渐化作混沌的世界建立起了路标。

我本以为自己创作的角色"弗兰特·艾斯卡尔德斯"只兼容于*Fate/Strange Fake*的世界，但三田却在本作中，描绘出了甚至在*Fate/Strange Fake*作品中都尚未写到的"弗兰特的魔术战"，而且还是与型月世界中首屈一指的魔术师交手！还将弗兰特收编为Fate世界的埃尔梅罗教室的一员。

我在感激的同时，也对三田的技艺以及埃尔梅罗二世这一角色拥有的潜在可能性感到畏惧。

埃尔梅罗二世拥有足以延伸至"命运"世界的每个角落的枝丫与粗壮的根茎，正逐渐成为如世界树般的存在。而他本人却对此一无所觉，还超然地说："说到底也就只是一棵树而已吧？被火一烧就完了。"但他还是一心想到达连世界树的枝叶都延伸不到的尽头之海。

就如同开头所说那般，虽然三田嘴上说"事情变得超级麻烦了啊"，却还是格外认真地去面对时钟塔。可能也正因为如此，他才能写出以埃尔梅罗二世这一角色为主轴的故事吧。

"命运"系列是一头雄壮且拥有诸多侧面的生物。它既像幻想种那般难以触及，又像邻家墙上的猫咪一样能随意抚摸。但贸然伸手过去，又可能被咬。或者，如果想把它据为己有随意抚摸，也许会遭旁人怒斥："你对待它的方式不对！"

如果说我的*Fate/Strange Fake*是个无法无天的家伙，会喊"今天是万圣节！来打扮得漂漂亮亮的！"然后随心所欲地对这种生物进行装扮的话，那《君主·埃尔梅罗二世事件簿》就是位一流的裁缝，会根据对象的成长，来制作完美礼服。

没错……奈须蘑菇编造出来的世界宏大且优雅，多亏了三田通过像朗基努斯之枪一样的核心，将这个世界的一部分表里串联起来，才能有像我这样胡来的家伙存在。

奈须蘑菇对三田说："有劳你配合动画，想一个新的角色，就是第五次圣杯战争中术士（Caster）的原御主阿特拉姆！"

三田顿时呻吟道："术士的御主不是个中年大叔吗？"

然后奈须接着说："哈哈哈，世界每天都在变化！"

我看着这一幕，在脑海中将他们俩的身影与另一对组合重叠了起来——奔放且强大的王者，以及被王者使唤得团团转的年轻御主。

君主·埃尔梅罗二世 事件簿

奈须蘑菇和三田诚这对组合创作出的故事到底会通往何方呢？若能与诸位读者一同将教授的"课"听到最后，便是我最大的荣幸了。

我相信，终有一天，教授能目睹世界尽头之海（Ōkeanos）。

成田良悟

后记

双貌的故事就此落幕，到达美的梦想宛如海市蜃楼。

正因为梦想会从指间流走，所以他们不会就此止步。

让大家久等了，在此为大家奉上《君主·埃尔梅罗二世事件簿》第三集。

主角君主·埃尔梅罗二世实在是一个难得一见的角色，我不过只是暂时把他借过来而已，写起他来却驾轻就熟。在此之前，不论我写怎样的故事，但只要一回头来写他的台词，就会有种如鱼得水的感觉，仿佛一下子回归到《君主·埃尔梅罗二世事件簿》中。

他心怀忧郁、扭曲与自卑，并因此而生出一种极为罕见且闪耀的消极的积极性。

我的心里肯定也有着这样的感情，而且我想，在大部分人的心里应该都有。

我想也正因为如此，这古老陈旧的魔术与神秘的故事才得以感染读者的心。

*

　　在本作中也有提到，美与魔术在现实的历史中有着密切的关系。

　　也可以说是美、数学与魔术。尤其是在西方，美在很多时候都被转换为数字与比例，并认为正确的数字与比例能够直接反映魔术的强弱。

　　黄金比例与魔方阵就是其中的代表，为数众多的魔法阵几乎都是精密数学的产物。这些数学与魔术还与揭露群星形态的天文学有着错综复杂的关系，同时对我们的文化也影响深远。

　　那么，如果将美的精髓凝聚在人的身体上又会怎样呢？

　　换言之，伊泽路玛的魔术就是这么回事。

　　黄金公主与白银公主，阳之塔与月之塔。伊泽路玛耗费漫长的时光，一点一点地将他们信奉为至高无上的星之形态刻画到人的身体上来。通过像星星一样生活，像星星那样进食，像星星那样就寝，他们获得了美。

　　到了现代，他们终于取得成果……但结局却如故事所描述的那样。他们的呐喊到底是单纯的执念，还是必然的冲动呢？你又会得到怎样的答案呢？

＊

来说些与本篇无关的题外话吧。

在本作决定系列化时，我就已经做好了一些心理准备，其中之一就是"不能脱离时钟塔"。尽管舞台不一定要设置在时钟塔，但只要故事这样安排会更有趣，我就会毫不迟疑地拿这个型月世界观中最富魅力的黑箱来开刀。

另外，在2003年发售的*Fate/Stay Night*也并非一成不变。奈须蘑菇通过以动画为首的多种媒体以及众多衍生作品，亲自对"命运"逐渐进行着更新。故事时间与*Fate/Stay Night*相近的《君主·埃尔梅罗二世事件簿》的创作目标之一就是对这些更新进行补充。

正是基于这般理由，才会在本作中加入苍崎橙子的师父伊诺莱，以及在动画*Unlimited Blade Works*中刚刚登场的阿特拉姆等角色。

若能为串联过去、现在，以及不断扩张的世界观尽到绵薄之力，就是我最大的荣幸了。

在最后，我要向为每位角色带来精美人设的坂本峰地老师，从美与魔术的历史到天宫图都帮忙考证的三轮清宗老师，对弗兰特的咒语与战斗时的行动描写加以细致指导的成田良悟老师，以及以奈须蘑菇老师为首的TYPE-MOON的工作人员致以

感谢。

下次见面预计又是在夏天。

三田诚

2015年 11月

写于玩 *Fate/Grand Order* 的同时

图书在版编目（CIP）数据

君主·埃尔梅罗二世事件簿. 3, case. 双貌塔伊泽
路玛. 下 / (日) 三田诚著; (日) 坂本峰地绘; 何炀
译. -- 成都: 四川美术出版社, 2019.1
ISBN 978-7-5410-8432-4

Ⅰ. ①君… Ⅱ. ①三… ②坂… ③何… Ⅲ. ①长篇小
说—日本—现代 Ⅳ. ①I313.45

中国版本图书馆CIP数据核字(2018)第282304号

原着名：ロード·エルメロイⅡ世の事件簿3 「case.双貌塔イゼルマ（下）」，著者：三田誠，绘者：
坂本みねぢ，日版设计：WINFANWORKS
LORD EL-MELLOI Ⅱ CASE FILES Volume 3
©TYPE-MOON
First published in Japan in 2015 by KADOKAWA CORPORATION, Tokyo.
Simplified Chinese translation rights arranged with KADOKAWA CORPORATION, Tokyo.
Translation copyright ©2018 by Guangzhou Tianwen Kadokawa Animation &Comics Co.,Ltd.
本书中文简体字翻译版由广州天闻角川动漫有限公司策划并由四川美术出版社出版。未经出版者预先
书面许可，不得以任何方式复制或抄袭本书的任何部分。
四川省版权局著作权合同登记号：21-2018-543

本书为引进版图书，为最大限度保留原作特色、尊重原作者写作习惯，故本书酌情保留了部分外来词
汇。特此说明。

君主·埃尔梅罗二世事件簿3 case.双貌塔伊泽路玛（下）

Junzhu·Aiermeiluo Ershi Shijianbu 3 case. Shuangmaota Yizeluma（xia）

［日］三田诚著；［日］坂本峰地绘；何炀译

出品人： 马晓峰

责任编辑： 康宏伟　杨　东

文字编辑： 张泽阳

美术编辑： 何晓静　杨　玮

责任校对： 周　挺

出版发行： 四川美术出版社
　　　　　　成都市锦江区金石路239号　邮编610023

成品尺寸： 787mm×1092mm　1/32

印　张： 7

字　数： 140千

印　刷： 中华商务联合印刷（广东）有限公司

版　次： 2019年1月第1版

印　次： 2019年1月第1次印刷

书　号： ISBN 978-7-5410-8432-4

定　价： 36.00元